A

Maigret
Band M31

Georges Simenon, geboren 1903 im belgischen Lüttich, gestorben 1989 in Lausanne, gilt als der »meistgelesene, meistübersetzte, meistverfilmte, mit einem Wort: der erfolgreichste Schriftsteller des 20. Jahrhunderts« *(Die Zeit)*. Seine erstaunliche literarische Produktivität (75 Maigret-Romane, über 117 weitere Romane), viele Ortswechsel, zwei Ehen und unzählige Frauen bestimmten sein Leben. Rastlos bereiste er die Welt, immer auf der Suche nach dem, »was bei allen Menschen gleich ist«. Das macht seine Bücher bis heute so zeitlos.

Georges Simenon

Mein Freund Maigret

Roman

Aus dem Französischen von
Hansjürgen Wille, Barbara Klau
und Bärbel Brands

Atlantik

Die französische Originalausgabe erschien 1949 unter dem Titel
Mon ami Maigret im Verlag Presses de la Cité, Paris.
Die deutsche Erstausgabe erschien 1955 im
Verlag Kiepenheuer & Witsch, Köln.
Die Übersetzung wurde für die vorliegende Ausgabe
von Bärbel Brands grundlegend überarbeitet.

Atlantik ist ein Imprint des
Hoffmann und Campe Verlags, Hamburg.

HOFFMANN
UND CAMPE

Ein Unternehmen der
GANSKE VERLAGSGRUPPE

1

Der überaus
reizende Mr Pyke

Sie standen im Eingang Ihres Lokals?«
»Ja, mein Kommissar.«

Es war sinnlos, ihn zu korrigieren. Vier oder fünf Mal hatte Maigret versucht, ihm zu erklären, dass er einfach »Herr Kommissar« sagen solle. Aber war das von Bedeutung? Was war hier überhaupt von Bedeutung?

»Ein graues Auto, ein großer Sportwagen, hat einen Augenblick gehalten, und ein Mann ist mit einem Satz herausgesprungen, so haben Sie es doch ausgesagt?«

»Ja, mein Kommissar.«

»Um in Ihre Bar zu gelangen, musste er dicht an Ihnen vorbei und hat Sie sogar leicht angerempelt. Nun befindet sich aber über der Tür ein Neonleuchtschild.«

»Es ist violett, mein Kommissar.«

»Na und?«

»Weiter nichts.«

»Weil Ihr Neonschild violett ist, sind Sie also

nicht in der Lage, den Mann wiederzuerkennen, der sich einen Augenblick später durch den Samtvorhang schob und mit seinem Revolver auf Ihren Barkellner zielte?«

Der Wirt hieß Caracci oder Caraccini – Maigret musste jedes Mal in der Akte nachsehen. Er war klein, trug Schuhe mit hohen Absätzen, sah aus wie ein Korse (die immer ein wenig an Napoleon erinnern) und hatte einen riesigen gelben Diamantring am Finger.

Das ging so seit acht Uhr morgens, und jetzt war es bereits elf. In Wahrheit hatte es schon mitten in der Nacht angefangen, da alle, die man in der Rue Fontaine – in der Bar, wo der Barkellner erschossen worden war – aufgegriffen hatte, die Nacht in Polizeigewahrsam verbringen mussten. Drei oder vier Inspektoren, darunter Janvier und Torrence, hatten sich Caracci oder Caraccini bereits vorgenommen, aber nichts aus ihm herausbekommen.

Obwohl es dem Kalender nach Mai war, regnete es schon seit vier oder fünf Tagen wie im tiefsten Herbst. Auf den Dächern, den Fensterbänken und den Schirmen spiegelte sich das Wasser wie auf der Seine, auf die der Kommissar blickte, wenn er den Kopf ein wenig neigte.

Mr Pyke rührte sich nicht. In einer Ecke saß er steif auf seinem Stuhl wie in einem Wartezimmer, und das ging einem allmählich auf die Nerven.

Langsam wanderte sein Blick zwischen dem Kommissar und dem kleinen Mann hin und her, ohne dass man hätte erraten können, was in diesem englischen Beamtenhirn vorging.

»Sind Sie sich darüber im Klaren, Caracci, dass Ihr Verhalten Sie teuer zu stehen kommen könnte und Sie riskieren, Ihre Bar vielleicht für immer schließen zu müssen?«

Unbeeindruckt, beinahe komplizenhaft zwinkerte der Korse Maigret zu, lächelte und strich sich mit seinem ringgeschmückten Finger die schwarzen Schnurrbartspitzen glatt.

»Ich habe mir nie etwas zuschulden kommen lassen, mein Kommissar. Fragen Sie nur Ihren Kollegen Priollet.«

Obwohl es einen Toten gab, kümmerte sich tatsächlich Kommissar Priollet, Leiter der Sittenpolizei, um diesen Fall. Das Milieu, in dem der Mord begangen worden war, unterlag seiner Aufsicht. Aber leider war Priollet auf der Beerdigung eines Verwandten im Jura.

»Sie weigern sich also auszusagen?«

»Ich weigere mich nicht, mein Kommissar.«

Wütend und mit schwerem Schritt ging Maigret zur Tür und öffnete sie.

»Lukas! Bearbeite ihn noch ein bisschen!«

Dieser Blick, mit dem Mr Pyke ihn anstarrte. Pyke mochte der netteste Mensch der Welt sein, aber es gab Momente, in denen sich Maigret dabei ertappte, ihn zu hassen. Genauso wie seinen Schwager Mouthon. Jedes Jahr im Frühling kam Mouthon in Begleitung seiner Frau, Madame Maigrets Schwester, an der Gare de l'Est an. Auch er war der netteste Mensch der Welt, wollte niemandem etwas Böses, und seine Frau war die Fröhlichkeit in Person. Kaum hatte sie die Wohnung am Boulevard Richard-Lenoir betreten, verlangte sie nach einer Schürze, um im Haushalt zu helfen. Am ersten Tag war das ganz bequem. Am zweiten auch noch nett.

Schließlich verkündete Mouthon:

»Wir reisen morgen wieder ab.«

»Aber nein, nicht doch!«, entgegnete Madame Maigret. »Warum wollt ihr schon wieder weg?«

»Weil wir euch sonst am Ende noch zur Last fallen.«

»Nie im Leben!«

Und Maigret stimmte ihr im Brustton der Überzeugung zu:

»Nie im Leben!«

Am dritten Tag wünschte er sich, dass ihn eine unvorhergesehene Aufgabe davon abhielte, zu Hause zu Abend zu essen. Aber seitdem seine Schwägerin mit Mouthon verheiratet war und das Paar sie alljährlich besuchte, hatte sich nie, niemals, nicht ein einziges Mal einer jener Fälle ereignet, die ihn sonst tage- und nächtelang in Anspruch nahmen.

Ab dem fünften Tag wechselten seine Frau und er verzweifelte Blicke. Die Mouthons blieben neun Tage, waren gleichbleibend liebenswürdig, charmant, zuvorkommend und so diskret, wie man nur sein kann, sodass Maigret sich dafür schämte, sie allmählich zu hassen. Mit Mr Pyke war es genauso, auch wenn er Maigret erst seit drei Tagen auf Schritt und Tritt folgte.

Während eines Urlaubs hatten die Maigrets beiläufig zu den Mouthons gesagt: »Warum kommt ihr nicht einmal im Frühling für eine Woche nach Paris? Wir haben ein Gästezimmer, das immer leer steht.«

Sie waren gekommen. Und im Fall von Mr Pyke war es ganz ähnlich verlaufen. Vor einigen Wochen hatte der Polizeipräsident dem Oberbürgermeister von London einen offiziellen Besuch abgestattet. Dieser zeigte ihm die Büros des berühmten Scotland Yard, und der Polizeipräsident war angenehm überrascht, dass den höheren Beamten der englischen Polizei der Name Maigret etwas sagte und sie sich für seine Methoden interessierten.

»Warum kommen Sie nicht einfach vorbei und schauen ihm bei der Arbeit zu?«, hatte der gute Mann gesagt.

Und man hatte ihn beim Wort genommen. Genauso wie es die Mouthons getan hatten. Man hatte Inspektor Pyke nach Paris geschickt, und seit drei

9

Tagen folgte er Maigret überallhin. Dabei war er so diskret und unaufdringlich, wie man nur sein kann. Aber er war dennoch da.

Trotz seiner fünfunddreißig oder vierzig Jahre wirkte er so jung, dass man ihn für einen eifrigen Studenten hätte halten können. Er war bestimmt intelligent, vielleicht sogar hochintelligent. Er sah zu, hörte zu und dachte nach. Er dachte so angestrengt nach, dass man das Gefühl hatte, ihn denken zu hören, und das wirkte ermüdend. Als würde er Maigret observieren. Jeder Handgriff, jedes Wort schien sich im Hirn des teilnahmslos dreinblickenden Mr Pyke festzusetzen. Nun hatte es aber seit drei Tagen nichts Interessantes zu tun gegeben. Routine, Papierkram, langweilige Verhöre wie das von Caracci. Sie verstanden sich inzwischen ohne Worte. In dem Augenblick zum Beispiel, da der Besitzer des Nachtlokals in das Büro der Inspektoren geführt und die Tür sorgfältig geschlossen worden war, stand in den Augen des Engländers deutlich die Frage zu lesen: ›Auf die harte Tour?‹

Wahrscheinlich. Leute wie Caracci fasst man nicht mit Samthandschuhen an. Und dann? Nichts von Belang. Der Fall war völlig uninteressant. Der Barkellner war wahrscheinlich erschossen worden, weil er selbst etwas auf dem Kerbholz hatte oder zu einer rivalisierenden Bande gehörte. Von Zeit zu Zeit rechnen diese Kerle miteinander ab, bringen sich gegenseitig um und erleichtern der Polizei die Arbeit.

Ob Caracci spricht oder schweigt, früher oder später wird einer die Sache ans Licht bringen, ein Spitzel wahrscheinlich. Ob sie in England auch Spitzel haben?

»Hallo! ... Ja ... Ich bin's ... Wer? ... Lechat? ... Kenne ich nicht ... Woher, sagen Sie, ruft er an? ... Aus Porquerolles? Stellen Sie ihn durch.«

Noch immer ruhte der Blick des Engländers auf ihm wie das Auge Gottes in der Geschichte von Kain und Abel.

»Hallo! ... Ich kann Sie sehr schlecht verstehen ... Lechat? ... Ja ... Gut ... Ja, das habe ich verstanden ... Porquerolles ... Habe ich auch verstanden.«

Den Hörer am Ohr, schaute er zu, wie der Regen die Scheiben herunterrann, und dachte daran, dass auf Porquerolles, einer kleinen Insel im Mittelmeer, vor der Küste zwischen Hyères und Toulon, jetzt mit Sicherheit die Sonne schien. Er war noch nie dort gewesen, hatte aber schon viel von der Insel gehört. Die Leute kehrten braun gebrannt wie die Beduinen zurück. Es war übrigens das erste Mal, dass man ihn von einer Insel aus anrief, und er dachte darüber nach, dass die Telefonkabel unter dem Meer verlaufen mussten.

»Ja ... Wie? ... Ein kleiner Blonder in Luçon? ... Ja, ich erinnere mich ...«

Er hatte einen Inspektor Lechat kennengelernt, als er wegen einer ziemlich verworrenen Verwaltungsangelegenheit für einige Monate nach Luçon in die Vendée geschickt worden war.

»Sie sind jetzt also bei der Bereitschaftspolizei von Draguignan ... Und rufen aus Porquerolles an ...«

In der Leitung rauschte es. Hin und wieder hörte man die Telefonistinnen von Stadt zu Stadt rufen:

»Hallo! Paris ... Paris ... Hallo! ... Paris ... Paris ...«

»Hallo! Toulon ... Ist da Toulon? ... Hallo! Toulon ...«

Funktionierte das Telefon jenseits des Kanals besser? Mr Pyke lauschte und schaute unablässig, und Maigret spielte mit einem Bleistift, um nicht aus der Haut zu fahren.

»Hallo! ... Ob ich einen gewissen Marcellin kenne? ... Was für einen Marcellin? ... Wie bitte? ... Einen Fischer? ... Sprechen Sie etwas deutlicher, Lechat ... Ich verstehe nichts von dem, was Sie mir erzählen ... Ein Mann, der auf einem Boot lebt? ... So ... Und weiter? ... Er behauptet, er sei mein Freund? ... Wie bitte? ... Er *hat* das behauptet? ... Tot? ... Letzte Nacht ermordet worden? ... Das geht mich nichts an, mein lieber Lechat ... Das fällt nicht in meinen Dienstbereich ... Er hatte den ganzen Abend von mir gesprochen? ... Was sagen Sie? Deswegen sei er umgebracht worden? ...«

Er hatte den Bleistift hingelegt und versuchte, mit seiner freien Hand die Pfeife wieder anzuzünden.

»Ich notiere, ja … Marcel … also nicht Marcellin … Wie Sie wollen … P wie Paul … A wie Artur … C wie Cäsar … ja … Pacaud … Haben Sie die Fingerabdrücke eingeschickt? … Ein Brief von mir? … Sind Sie sicher? … Ein Bogen mit Briefkopf? … Mit was für einem? … Brasserie des Ternes? … Das ist möglich … Und was habe ich geschrieben?«

Wenn nur Mr Pyke nicht da gewesen wäre und ihn so beharrlich beobachtet hätte!

»Ich schreibe mit, ja … *Ginette fährt morgen ins Sanatorium. Sie lässt Sie vielmals grüßen. Herzlichst* … Und das ist mit ›Maigret‹ unterschrieben? Aber nein, das ist nicht unbedingt gefälscht. Ich glaube, mich an etwas zu erinnern … Ich werde in den Ermittlungsakten nachschauen … Zu Ihnen kommen? Sie wissen doch, dass ich nicht zuständig bin.«

Er wollte schon einhängen, konnte sich aber eine Frage nicht verkneifen, auch auf die Gefahr hin, dass Mr Pyke sich darüber wunderte.

»Scheint bei Ihnen die Sonne? … Der Mistral? … Aber auch Sonne? … Gut … Sobald ich etwas weiß, rufe ich Sie zurück. Versprochen.«

Wenn Mr Pyke auch kaum Fragen stellte, so schaute er Maigret doch auf eine Art an, die ihn zum Sprechen nötigte.

»Kennen Sie die Insel Porquerolles?«, fragte Maigret, und es gelang ihm endlich, seine Pfeife anzuzünden. »Sie soll sehr schön sein, bestimmt so schön wie Capri und die griechischen Inseln. Letzte Nacht ist dort ein Mann ermordet worden. Der Fall gehört nicht in meinen Zuständigkeitsbereich, aber man hat in seinem Boot einen Brief von mir gefunden.«

»Ist er wirklich von Ihnen?«

»Wahrscheinlich. Der Name Ginette sagt mir irgendetwas. Kommen Sie mit hinauf?«

Mr Pyke kannte sich bereits gut im Präsidium aus, weil man ihn gleich zu Beginn überall herumgeführt hatte. Hintereinander stiegen sie ins Dachgeschoss hinauf, in dem Karteikarten zu sämtlichen Personen, die jemals mit dem Gesetz in Berührung gekommen waren, archiviert wurden. Der Engländer verursachte bei Maigret beinahe einen Minderwertigkeitskomplex, und er schämte sich für den weißhaarigen Angestellten im langen grauen Kittel, der Veilchenbonbons lutschte.

»Sagen Sie, Langlois ... Geht es Ihrer Frau wieder besser?«

»Das war nicht meine Frau, Monsieur Maigret, sondern meine Schwiegermutter.«

»Ach so, ja. Verzeihen Sie. Ist sie operiert worden?«

»Sie ist gestern wieder nach Hause gekommen.«

14

»Sehen Sie doch bitte einmal nach, ob Sie etwas über einen Marcel Pacaud finden. Mit d am Ende.«

War man in London besser organisiert? Man hörte den Regen auf das Dach prasseln und durch die Regenrinnen hinabbrausen.

»Marcel?«, fragte der Angestellte, der auf eine Leiter gestiegen war.

»Ja, geben Sie mir die Karteikarte.«

Neben den Fingerabdrücken befanden sich darauf ein Foto von vorn und eins im Profil, auf denen Marcel Pacaud ohne Kragen und Krawatte im grellen Scheinwerferlicht des Erkennungsdienstes abgelichtet war.

Pacaud, Marcel-Joseph-Etienne, geboren in Le Havre, Seemann ...

Mit gerunzelter Stirn betrachtete Maigret die Fotos und versuchte, sich zu erinnern. Zum Zeitpunkt der Aufnahme war der Mann fünfunddreißig Jahre alt gewesen. Er war mager und sah krank aus. Eine blutunterlaufene Stelle über dem rechten Auge deutete darauf hin, dass man ihn, bevor er fotografiert worden war, nicht gerade sanft verhört hatte.

Es folgte eine ziemlich lange Liste seiner Straftaten. Mit siebzehn war er in Le Havre wegen Körperverletzung verurteilt worden. In Bordeaux ein Jahr später erneut Körperverletzung. Dazu kamen Erregung öffentlichen Ärgernisses wegen

Trunkenheit und Widerstand gegen die Staatsgewalt. Und ein weiteres Mal Körperverletzung in einem berüchtigten Lokal in Marseille.

Maigret hielt die Karte so, dass auch sein englischer Kollege sie lesen konnte. Aber Mr Pyke zeigte sich in keiner Weise erstaunt, als wollte er sagen: ›Das gibt es bei uns auch.‹

Besonders schwerer Fall des Hausierens.

Gab es das in England auch? Es bedeutete, dass Marcel Pacaud als Zuhälter gearbeitet hatte. Wie üblich hatte man ihn daraufhin zum Absolvieren seines Militärdienstes nach Afrika geschickt.

Körperverletzung in Nantes …

Körperverletzung in Toulon …

»Ein Kampfhahn«, sagte Maigret trocken.

Aber dann wurde es ernster.

Paris: Entôlage.

»Was ist das?«, fragte der Engländer.

Wie soll man das einem Herrn erklären, der einer Nation angehört, die als die prüdeste der Welt gilt?

»Das ist gewissermaßen ein Diebstahl, der unter besonderen Umständen begangen wird. Wenn ein Herr ein unbekanntes Fräulein in ein mehr oder weniger zwielichtiges Hotel begleitet und sich hinterher darüber beschwert, dass seine Brieftasche verschwunden ist, nennt man das ›Entôlage‹. Das Fräulein hat fast immer einen Komplizen. Verstehen Sie, was ich meine?«

16

»Ich verstehe.«

Dreimal war Marcel Pacaud wegen einer derartigen Mittäterschaft verurteilt worden, und jedes Mal war die Rede von einer gewissen Ginette. Und es wurde noch schlimmer. Offenbar hatte Pacaud einem Herrn, der sich zur Wehr gesetzt hatte, einen Messerstich versetzt.

»Das sind dann wohl die sogenannten *mauvais garçons*«, merkte Mr Pyke leise an. Sein Französisch war so klar artikuliert, dass es beinahe einen ironischen Unterton bekam.

»Genau. Ich habe ihm geschrieben, ich erinnere mich. Ich weiß nicht, wie es bei Ihnen zugeht.«

»Sehr korrekt.«

»Davon bin ich überzeugt. Bei uns werden die Jungs manchmal hart angepackt. Wir gehen nicht immer sehr behutsam mit ihnen um. Aber erstaunlicherweise nehmen sie uns das selten übel. Sie wissen, dass wir nur unsere Pflicht tun, und mit jedem Verhör lernt man sich schließlich besser kennen.«

»Ist das derjenige, der Sie als seinen Freund bezeichnet hat?«

»Ich bin überzeugt, dass er das auch so gemeint hat. Ich erinnere mich vor allem an das Mädchen, wegen des Briefkopfs. Wenn wir dazu Gelegenheit haben, werde ich Ihnen die Brasserie des Terres zeigen. Es ist dort sehr gemütlich, und das Sauerkraut ist ausgezeichnet. Essen Sie gern Sauerkraut?«

»Gelegentlich«, antwortete der Engländer nicht gerade begeistert.

»Nachmittags und abends sitzen dort immer ein paar Damen an einem Tisch. Und auch Ginette zeigte sich dort gern. Sie ist Bretonin und kommt aus einem Dorf in der Nähe von Saint-Malo. Sie hat als Mädchen für alles bei einem Fleischer im Viertel angefangen. Sie liebte Pacaud über alles, und wenn er von ihr sprach, traten ihm Tränen in die Augen. Wundert Sie das?«

Mr Pyke wunderte sich über gar nichts. Sein Gesicht verriet nicht die geringste Gefühlsregung.

»Ich habe mich nebenbei ein bisschen um die beiden gekümmert. Ginette litt an Tuberkulose. Aber sie hat sich nie behandeln lassen, weil sie sich nicht von ihrem Marcel trennen konnte. Als er im Gefängnis saß, habe ich sie schließlich überzeugen können, einen meiner Freunde, einen Lungenspezialisten, aufzusuchen. Und er hat sie in ein Sanatorium in Savoyen eingewiesen. Das ist alles.«

»Und das haben Sie Pacaud geschrieben?«

»Ja. Pacaud saß im Gefängnis in Fresnes, und ich hatte keine Zeit, dorthin zu fahren.«

Maigret gab Langlois die Karteikarte zurück und ging zur Treppe.

»Wie wär's, gehen wir Mittag essen?«

Das war auch wieder so ein Problem, fast eine Gewissensfrage. Wenn er Mr Pyke in allzu feine

Restaurants führte, riskierte er, dass seine Kollegen jenseits des Kanals auf den Gedanken kommen könnten, dass die französische Polizei ihre Zeit mit Schlemmereien verschwende. Wenn er ihn dagegen in ein bescheidenes Lokal einlud, würde man ihn vielleicht für geizig halten.

Mit dem Aperitif war es dasselbe. Sollte man einen trinken oder besser nicht?

»Überlegen Sie, nach Porquerolles zu fahren?«

Hatte Mr Pyke etwa Lust, eine Reise in den Süden zu unternehmen?

»Das hängt nicht von mir ab. Theoretisch habe ich außerhalb von Paris und dem Seine-Département nichts zu suchen.«

Der Himmel war von einem hässlichen, hoffnungslosen Grau, sodass selbst der Gedanke an den Mistral den Reiz einer solchen Reise nicht minderte.

»Essen Sie gern Kutteln?«

Er führte ihn in die Markthallen und bestellte Kutteln à la Caen und Crêpes Suzette, die man ihnen in hübschen Kupferpfannen servierte.

»So was nennen wir tote Tage.«

»Wir auch.«

Was mochte der Mann von Scotland Yard von ihm denken? Er war gekommen, um »Maigrets Methoden« zu studieren, aber Maigret hatte gar keine. So fand er lediglich einen dicken, etwas plumpen

Mann vor, der ihm wie der Prototyp des französischen Beamten erscheinen musste. Wie lange würde er ihm noch wie ein Schatten folgen?

Um zwei Uhr waren sie wieder am Quai des Orfèvres, und Caracci hockte noch immer in dem Glaskäfig, der als Warteraum dient. Man hatte also noch nichts aus ihm herausbekommen und würde ihn erneut verhören müssen.

»Hat er etwas gegessen?«, fragte Mr Pyke.

»Ich weiß es nicht. Kann sein. Manchmal lassen wir ihnen ein Sandwich bringen.«

»Und sonst?«

»Sonst lassen wir sie ein bisschen fasten, um ihrem Gedächtnis auf die Sprünge zu helfen.«

»Der Chef verlangt nach Ihnen, Kommissar.«

»Gestatten Sie, Monsieur Pyke?«

Das war immerhin eine kurze Erholungspause. Mr Pyke würde ihm nicht in das Büro des Chefs folgen.

»Kommen Sie herein, Maigret. Ich habe eben einen Anruf aus Draguignan bekommen.«

»Ich weiß schon Bescheid.«

»Richtig, Lechat hat sich ja bereits mit Ihnen in Verbindung gesetzt. Haben Sie im Augenblick viel zu tun?«

»Nicht allzu viel. Abgesehen von meinem Gast …«

»Geht er Ihnen auf die Nerven?«

»Er ist der korrekteste Mensch der Welt.«

»Erinnern Sie sich an diesen Pacaud?«

»Als ich seine Karteikarte gelesen habe, ist mir alles wieder eingefallen.«

»Finden Sie nicht, dass das eine merkwürdige Geschichte ist?«

»Ich weiß nur, was Lechat mir am Telefon gesagt hat. Er hat so eindringlich versucht, mir alles zu erklären, dass ich am Ende nichts mehr verstanden habe.«

»Ich habe lange mit dem dortigen Polizeichef gesprochen. Er will unbedingt, dass Sie vor Ort sind. Seiner Meinung nach ist Pacaud Ihretwegen ermordet worden.«

»Meinetwegen?«

»Anders kann er sich den Mord nicht erklären. Seit Jahren hat Pacaud, bekannt unter dem Namen Marcellin, in seinem Boot auf Porquerolles gelebt. Jeder auf der Insel kannte ihn. Soweit ich verstanden habe, hatte er mehr von einem Clochard als von einem Fischer. Im Winter tat er überhaupt nichts. Im Sommer fuhr er Touristen, die angeln wollten, um die Insel herum. Niemand konnte ein Interesse daran haben, ihn umzubringen. Er hatte keine Feinde. Man hat ihm auch nichts gestohlen, aus dem einfachen Grunde, weil da gar nichts zu stehlen war.«

»Wie ist er ermordet worden?«

»Das ist genau die Frage, die der dortigen Polizei Kopfzerbrechen bereitet.«

Maigrets Chef sah seine Notizen durch, die er sich während des Telefongesprächs gemacht hatte.

»Da ich den Ort nicht kenne, kann ich mir nur schwer ein genaues Bild davon machen. Vorgestern Abend ...«

»Ich dachte, es sei gestern Abend gewesen ...«

»Nein, vorgestern. Ein paar Leute hatten sich in der Arche Noah versammelt, das muss ein Gasthaus oder ein Café sein. Um diese Jahreszeit trifft man dort, wie es scheint, nur auf Stammgäste. Alle kennen sich. Marcellin war auch da. Und im Verlauf eines ganz allgemeinen Gesprächs hat er Sie erwähnt.«

»Warum?«

»Das weiß ich auch nicht. Man redet doch gern über berühmte Leute. Marcellin hat behauptet, Sie seien sein Freund. Vielleicht hatten einige Leute Zweifel an Ihren Fähigkeiten geäußert. Jedenfalls hat er Sie mit außergewöhnlicher Leidenschaft verteidigt.«

»War er betrunken?«

»Er war immer mehr oder weniger betrunken. Es herrschte gerade ein starker Mistral. Ich weiß zwar nicht, was genau der Mistral damit zu tun hatte, aber soweit ich verstanden habe, war er von Bedeutung. Denn wegen des Mistrals hat Marcellin nicht wie gewöhnlich in seinem Boot geschlafen, sondern in einer Hütte in der Nähe des Hafens, wo die Fischer ihre Netze aufbewahren. Als man ihn am nächsten Morgen dort fand, hatte er mehrere Kugeln im Kopf, die aus nächster Nähe abgeschossen worden waren, und eine in der Schulter. Der Mörder hat sein ganzes Magazin auf ihn abgefeuert, und damit nicht genug, er hat ihn auch noch mit einem schweren Gegenstand ins Gesicht geschlagen. Er scheint wie ein Berserker gewütet zu haben.«

Maigret blickte durch den Regenvorhang auf die Seine und dachte an die Sonne des Mittelmeers.

»Boisvert, der Hauptkommissar, ist ein feiner Kerl. Ich kenne ihn von früher. Es ist nicht seine Art zu übertreiben. Er ist soeben am Tatort eingetroffen, muss aber heute Abend schon wieder abreisen. Wie Lechat geht er davon aus, dass das Gespräch über Sie das Drama ausgelöst hat. Er hält es sogar für möglich, dass man mit Marcellin gewissermaßen Sie treffen wollte, verstehen Sie? Jemand, der einen so tiefen Groll gegen Sie hegt, dass er sich an einem vergreift, der behauptet, Ihr Freund zu sein, und Sie verteidigt.«

»Gibt es solche Leute auf Porquerolles?«

»Das ist es ja eben, was Boisvert sich nicht erklären kann. Auf so einer Insel kennt jeder jeden. Niemand kann die Insel unbemerkt betreten oder verlassen. Bisher gibt es nicht den geringsten Verdacht. Wir können nur ins Blaue hinein irgendjemanden verdächtigen. Was meinen Sie dazu?«

»Ich glaube, Monsieur Pyke hätte Lust, in den Süden zu reisen.«

»Und Sie?«

»Ich wohl auch, wenn ich allein fahren könnte.«

»Wann können Sie losfahren?«

»Ich nehme den Nachtzug.«

»Mit Monsieur Pyke?«

»Mit Monsieur Pyke!«

Ob der Engländer davon ausging, dass die französische Polizei über schnelle Autos verfügte, die sie an die Tatorte brachten?

Er musste jedenfalls annehmen, dass die Kommissare der Kriminalpolizei bei ihren Reisen über unbegrenzte Mittel verfügten. Hatte Maigret richtig entschieden? Allein hätte er sich mit einem Liegeplatz zufriedengegeben. Aber an der Gare de Lyon hatte er gezögert und im letzten Augenblick zwei Schlafwagenplätze gekauft.

Der Zug war äußerst luxuriös. Im Gang kamen Ihnen wohlhabende Reisende mit eindrucksvollen Gepäckstücken entgegen. Eine Gruppe elegant gekleideter Menschen, die Arme voller Blumensträuße, begleitete eine Filmdiva zum Zug.

»Das ist der *Train Bleu*«, murmelte Maigret, wie um sich zu entschuldigen.

Wenn er nur gewusst hätte, was sein Kollege dachte. Obendrein mussten sie sich voreinander ausziehen, und am nächsten Morgen würden sie sich den winzigen Waschraum teilen müssen.

»Jedenfalls«, sagte Mr Pyke, schon in Pyjama und Morgenmantel, »können wir jetzt mit den Ermittlungen beginnen.«

Was genau wollte er damit sagen? Sein Französisch klang dermaßen akzentuiert, dass man immer einen verborgenen Sinn hinter seinen Worten vermutete.

»Ja, das können wir.«

»Haben Sie Marcellins Karteikarte abgeschrieben?«

»Nein. Ich muss Ihnen gestehen, ich habe nicht daran gedacht.«

»Haben Sie sich Gedanken darüber gemacht, was aus der Frau – Ginette, nicht wahr – geworden ist?«

»Nein.«

War das ein vorwurfsvoller Blick, den Mr Pyke ihm zuwarf?

»Haben Sie einen Blanko-Haftbefehl dabei?«

»Nein, auch nicht. Nur ein Gesuch um Rechtshilfe, das mir erlaubt, Leute vorzuladen und zu verhören.«

»Kennen Sie Porquerolles?«

»Ich bin noch nie dort gewesen. Ich kenne den ganzen Süden kaum. Ich habe einmal in Antibes und Cannes ermittelt und erinnere mich vor allem an eine drückende Hitze und ein unstillbares Schlafbedürfnis.«

»Gefällt Ihnen das Mittelmeer nicht?«

»Grundsätzlich mag ich keine Gegenden, in denen ich die Lust an der Arbeit verliere.«

»Weil Sie gern arbeiten, nicht wahr?«

»Ich weiß es nicht.«

Das stimmte. Einerseits schimpfte er jedes Mal, wenn ein Fall seinen täglichen Trott unterbrach, andererseits wurde er missmutig und unruhig, sobald man ihn ein paar Tage in Frieden ließ.

»Können Sie im Zug gut schlafen?«

»Ich schlafe überall gut.«

»Können Sie beim Rattern des Zuges besser nachdenken?«

»Ich denke wenig nach, wissen Sie.«

Es war Maigret unangenehm, dass sein Pfeifenqualm das ganze Abteil ausfüllte, umso mehr, da der Engländer nicht rauchte.

»Jedenfalls wissen Sie noch nicht, aus welchem Winkel Sie sich der Sache nähern werden.«

»Nicht im Geringsten. Ich weiß nicht einmal, ob es überhaupt einen Winkel gibt.«

»Vielen Dank.«

Man spürte förmlich, dass Mr Pyke jedes Wort registriert und in seinem Hirn einsortiert hatte, um sich später bedienen zu können. Das war Maigret höchst unangenehm. Er sah ihn schon vor sich, wie er nach seiner Rückkehr die Kollegen von Scotland Yard zusammenrief (womöglich vor einer schwarzen Wandtafel) und ihnen präzise artikuliert seinen Vortrag ankündigte:

»Die Methoden des Kommissars Maigret ...«

Und wenn es nun ein Reinfall würde? Wenn es sich um einen jener Fälle handelte, in denen man wie ein Blinder herumtappt und erst zehn Jahre später durch einen Zufall auf die Lösung kommt? Oder wenn es eine ganz einfache Angelegenheit war, wenn Lechat morgen auf den Bahnhof gestürzt käme und meldete:

»Alles erledigt. Wir haben einen Säufer festgenommen, der den Mord gestanden hat.«

Oder wenn ...

Madame Maigret hatte ihm keinen Morgenmantel eingepackt. Sie hatte nicht gewollt, dass er den alten mitnahm, der aussah wie eine Mönchskutte. Schon vor zwei Monaten hatte er sich einen neuen kaufen sollen. Er fühlte sich in seinem Nachthemd reichlich unwohl.

»Einen Schlummertrunk?«, fragte Mr Pyke und reichte ihm einen silbernen Flachmann und einen Becher. »So nennen wir den letzten Whisky vorm Schlafengehen.«

Maigret trank einen Becher. Er mochte das Zeug nicht besonders, aber vielleicht schätzte Mr Pyke

27

den Calvados, den er ihm die vergangenen drei Tagen aufgedrängt hatte, ebenso wenig.

Endlich schlief er ein, wohl wissend, dass er schnarchte. Als er erwachte, sah er Olivenbäume am Ufer der Rhône und erkannte daran, dass sie Avignon bereits hinter sich gelassen hatten.

Die Sonne schien, und ein leichter goldener Nebel lag über dem Fluss. Der Engländer stand frisch rasiert und korrekt von Kopf bis Fuß im Gang und lehnte mit der Stirn an der Scheibe. Der Waschraum war so sauber, als ob er ihn gar nicht benutzt hätte, und duftete leicht nach Lavendel.

Maigret suchte im Koffer nach seinem Rasierapparat. Er wusste noch nicht, ob er gut oder schlecht gelaunt war, und grummelte vor sich hin.

»Sich jetzt nur nicht zum Deppen machen lassen.«

Vielleicht lag es an Mr Pykes überaus korrektem Verhalten, dass er etwas derber wurde …

2

Die Gäste der Arche

Alles in allem war die erste Runde glimpflich verlaufen. Was nicht bedeutete, dass zwischen den beiden Männern eine Rivalität bestanden hätte, zumindest nicht auf beruflichem Gebiet. Auch wenn Mr Pyke mehr oder weniger einbezogen wurde in Maigrets Ermittlungsarbeit, so blieb er doch Zuschauer. Und trotzdem dachte Maigret an den Begriff der »ersten Runde«, auch wenn er wusste, dass der Vergleich hinkte. Aber hat man nicht das Recht, in seinem Kopf seine ganz eigene Sprache zu sprechen?

Als er sich zum Beispiel im Gang des Schlafwagens zu ihm stellte, schien der englische Inspektor geradezu überrascht und konnte nicht schnell genug das Entzücken verbergen, das sein Gesicht verklärte. Schämte er sich, weil sich ein Beamter von Scotland Yard nicht um den Sonnenaufgang über einer der schönsten Landschaften der Welt zu scheren hat? Oder hielt es der Engländer für ungehörig, seine Bewunderung vor einem Fremden zu zeigen?

Maigret hatte das innerlich, ohne zu zögern, als einen Punkt für sich verbucht.

Im Speisewagen dagegen hatte Mr Pyke sich einen Punkt geben können, und zwar mit Fug und Recht. Unmerklich, ganz leicht nur hatte er die Nase gerümpft, als man die Eier mit Speck brachte, die ohne jeden Zweifel weniger gut waren als in seiner Heimat.

»Kennen Sie das Mittelmeer, Monsieur Pyke?«

»Ich verbringe meinen Urlaub gewöhnlich in Sussex. Einmal allerdings war ich auch in Ägypten. Das Meer war grau und unruhig, und es hat während der ganzen Überfahrt geregnet.«

Und obwohl Maigret den Süden nicht einmal besonders mochte, reizte es ihn plötzlich, diesen zu verteidigen.

Der nächste Punkt war höchst zweifelhaft: Der Kellner im Hotel, der den Kommissar wiedererkannte – er hatte ihn wohl schon anderswo bedient –, fragte ihn gleich nach dem Frühstück mit leiser Stimme:

»Ein Schnäpschen wie immer?«

Noch am Vorabend oder am Tag davor hatte der Inspektor beiläufig angemerkt, dass ein englischer Gentleman niemals vor dem späten Nachmittag harten Alkohol trinke.

Die Ankunft in Hyères war, daran gab es nichts zu rütteln, ein Punkt für Maigret. Die Palmen rings um den Bahnhof standen unbewegt in der heißen Wüstensonne. Es sah aus, als würde an jenem Morgen ein großer Markt, eine Kirmes oder ein Fest stattfinden. Die Karren, die Lieferwagen und die großen Lastwagen bewegten sich hin und her, als seien sie lebendige Pyramiden aus frischem Obst und Blumen.

Mr Pyke verschlug es ebenso den Atem wie Maigret. Man spürte, dass man in eine andere Welt eintrat, und blickte verlegen an seiner dunklen Kleidung hinab, die am Abend zuvor in den verregneten Straßen von Paris so passend gewesen war.

Man hätte wie Inspektor Lechat einen hellgrauen Anzug und ein Hemd mit offenem Kragen tragen und ein sonnenverbranntes Gesicht vorweisen müssen. Maigret hatte ihn nicht gleich erkannt, denn er erinnerte sich eher an seinen Namen als an sein Äußeres. Lechat, der sich zwischen den Gepäckträgern hindurchdrängelte, wirkte fast noch wie ein Junge. Er war klein und mager und trug keinen Hut. Seine Füße steckten in Leinenschuhen.

»Hier entlang, Chef!«

War das ein Punkt für Maigret? Denn auch wenn dieser Teufel von Mr Pyke alles registrierte, konnte man doch nicht wissen, was er in die Haben- und was in die Soll-Spalte eintrug. Den Vorschriften gemäß hätte Lechat Maigret mit »Herr Kommissar« anreden müssen, denn er gehörte nicht zu seiner

Abteilung. Aber es gab nur wenige Polizisten in Frankreich, die dem Vergnügen widerstehen konnten, ihn herzlich vertraut »Chef« zu nennen.

»Monsieur Pyke, Sie kennen Inspektor Lechat ja bereits. Lechat, darf ich Ihnen Monsieur Pyke von Scotland Yard vorstellen.«

»Ermitteln Sie auch in diesem Fall?«

Lechat war so tief in den Fall Marcellin eingetaucht, dass er keineswegs überrascht gewesen wäre, wenn er sich zu einer internationalen Affäre ausgeweitet hätte.

»Monsieur Pyke ist in Frankreich, um unsere Arbeitsweise kennenzulernen.«

Während sie sich durch die Menge drängelten, fragte sich Maigret, warum Lechat so seltsam ging, immer wieder merkwürdig zur Seite schielte und sich geradezu den Hals verrenkte.

»Wir sollten uns beeilen«, sagte er. »Mein Wagen steht vor der Tür.«

Es war das kleine Dienstauto. Erst als sie im Wagen saßen, seufzte der Inspektor: »Ich glaube, Sie müssen sehr vorsichtig sein. Alle sind der Meinung, dass sie hinter Ihnen her sind.«

Also hatte der kleine Lechat eben in der Menge Maigret schützen wollen!

»Ich würde Sie direkt auf die Insel bringen. Oder haben Sie in Hyères noch etwas zu erledigen?«

Und so fuhren sie los. Die Gegend war flach und

öde, die Straße von Tamarindenbäumen gesäumt, zwischen denen hier und dort eine Palme aufragte. An der rechten Seite tauchten schließlich weiße Salzgärten auf. Alles wirkte so fremd, als befände man sich plötzlich in Afrika. Der Himmel war von einem klaren Blau, und kein Lüftchen regte sich.

»Und der Mistral?«, fragte Maigret mit leiser Ironie.

»Er hat gestern Abend plötzlich aufgehört. Das wurde auch Zeit. Neun Tage lang hat er getobt. Und das reicht, um alle verrückt zu machen.«

Maigret war skeptisch. Die Leute im Norden – und der Norden beginnt in der Gegend um Lyon – haben den Mistral nie ernst genommen. So war es durchaus verständlich, dass Mr Pyke sich ebenfalls gleichgültig zeigte.

»Niemand hat die Insel verlassen. Sie können also alle verhören, die zum Zeitpunkt des Mordes an Marcellin dort waren. Die Fischer sind wegen des Sturms in jener Nacht nicht aufs Meer gefahren. Aber ein Torpedoboot aus Toulon und mehrere Unterseeboote lagen auf Reede und machten eine Übung. Ich habe mit der Admiralität telefoniert, und man hat mir dort bestätigt, dass kein Boot ausgefahren ist.«

»Das heißt also, dass der Mörder noch immer auf der Insel ist?«

»Sie werden schon sehen!«

Lechat spielte den Erfahrenen, der Land und Leute kennt. Maigret war der Neue, was immer eine ziemlich undankbare Rolle ist. Nach einer halben Stunde hielt das Auto an einem Felsvorsprung, auf dem lediglich ein Gasthaus im provenzalischen Stil und ein paar rosa und hellblau gestrichene Fischerhäuschen standen.

Ein Punkt für Frankreich, denn es verschlug einem den Atem. Das Meer war von einem unglaublichen Blau, so wie man es sonst nur auf Postkarten sieht, und am Horizont, inmitten der schimmernden Meeresoberfläche, lag träumerisch eine Insel mit saftig grünen Hügeln und roten und gelben Felsen. Am Ende des hölzernen Landungsstegs wartete ein hellgrün gestrichenes Fischerboot mit einer weißen Scheuerleiste ringsherum.

»Das ist für uns. Ich habe Gabriel gebeten, mich herzubringen und auf Sie zu warten. Das Fährschiff, die Cormoran, fährt nur um acht Uhr morgens und um fünf Uhr nachmittags. Gabriel ist ein Galli. Ich will Ihnen das gleich erklären: Es gibt auf der Insel die Gallis und die Morins, und fast alle gehören einer dieser beiden Familien an.«

Lechat trug die Koffer, die in seinen Händen riesengroß wirkten. Der Motor lief bereits. All das hatte etwas Unwirkliches, und Maigret konnte sich kaum vorstellen, dass er nur hierhergekommen war, um einen Mord aufzuklären.

»Die Leiche wurde nach Hyères gebracht. Die wollten Sie doch sicher nicht sehen. Die Obduktion hat gestern Morgen stattgefunden.«

Die Entfernung von der Spitze von Giens bis nach Porquerolles betrug etwa drei Meilen. Je mehr sie sich auf der seidig glänzenden Wasseroberfläche der Insel näherten, desto deutlicher zeigten sich ihre Umrisse mit den Kaps, den Buchten, den im Grün versteckten ehemaligen Festungen und der genau in der Mitte aufragenden kleinen hellen Häusergruppe mit dem weißen Kirchturm, der aus einem Kinderbaukasten zu stammen schien.

»Glauben Sie, dass ich mir dort eine Badehose kaufen kann?«, fragte der Engländer Lechat.

Daran hatte Maigret nicht gedacht. Und wie er sich jetzt über den Rand des Bootes beugte, erblickte er plötzlich mit einem leichten Schwindelgefühl den Grund des Meeres, der unter dem Schiff dahinglitt. Er lag gut zehn Meter unter ihnen, aber das Wasser war so klar, dass man jedes Detail der Unterwasserwelt erkennen konnte. Eine ganze Landschaft erstreckte sich dort: grün bewachsene Ebenen, felsige Hügel, Schluchten und Abgründe, und dazwischen Fischbänke, die friedlich weidenden Herden glichen.

Ein wenig verlegen, als hätte man ihn bei einem kindlichen Spiel überrascht, blickte Maigret zu Mr Pyke – und konnte sich einen weiteren Punkt

35

gutschreiben: Der Inspektor von Scotland Yard starrte ebenso gebannt auf den Meeresgrund.

Nur langsam gewöhnte man sich an das Bild, das sich einem bot. Beim ersten Anblick war einem alles fremd. Zur Linken gab es einen winzigen Hafen mit einer Mole und zur Rechten eine mit Strandkiefern bewachsene Felsspitze. Im Hintergrund sah man rote Dächer, weiße und rosafarbene Häuser zwischen Palmen, Mimosen und Tamarinden.

Hatte Maigret Mimosen jemals anderswo als in den Körben der Pariser Blumenverkäuferinnen gesehen? Er konnte sich nicht mehr erinnern, ob die Mimosen schon geblüht hatten, als er vor einigen Jahren in Antibes und Cannes ermittelt hatte.

Auf der Mole warteten ein paar Leute. Auch einige Fischer saßen in ihren Booten, die in ihrer Farbenpracht an einen bunt geschmückten Weihnachtsbaum erinnerten.

Man sah ihnen dabei zu, wie sie an Land gingen. Gehörten die Leute dort auf der Insel vielleicht unterschiedlichen Gruppierungen an? Maigret sollte sich erst später mit solchen Details befassen. Ein weiß gekleideter Mann mit weißer Kappe grüßte ihn, die Hand an die Schläfe gelegt, aber Maigret erkannte ihn nicht gleich.

»Das ist Charlot«, flüsterte ihm Lechat ins Ohr.

Im Augenblick sagte ihm dieser Name nichts.

Währenddessen packte ein Hüne von einem Kerl mit bloßen Füßen, der kein Wort sprach, die Koffer auf einen Karren und schob ihn zum Dorfplatz.

Maigret, Pyke und Lechat folgten ihm. Und hinter ihnen gingen die Einheimischen. Begleitet von einem seltsamen Schweigen.

Der Dorfplatz war groß und leer. Eukalyptusbäume standen ringsum und bunte Häuser, und auf einer leichten Anhöhe erhob sich die kleine gelbe Kirche mit dem weißen Glockenturm. Auch mehrere Cafés mit schattigen Terrassen gab es dort.

»Ich hätte Ihnen im Grand Hôtel Zimmer reservieren können. Es ist seit vierzehn Tagen geöffnet.«

Es war ein ziemlich großes Gebäude, das über dem Hafen aufragte und in dessen Eingang ein Mann mit weißer Schürze und Kochmütze stand.

»Ich hielt es aber für besser, Sie in der Arche Noah einzuquartieren. Ich werde Ihnen gleich erklären, warum.«

Es gab inzwischen vieles, was der Inspektor erklären musste. Die Terrasse der Arche, die direkt am Dorfplatz lag, war größer als die anderen und von einer kleinen Mauer und Grünpflanzen gesäumt. Im Inneren war es angenehm kühl und ein wenig dunkel, und sofort schlug einem ein scharfer Geruch aus der Küche und das Aroma von Weißwein entgegen.

Auch hier zeigte sich ein Koch, aber er trug keine

Mütze. Mit ausgestreckter Hand und einem strahlenden Lächeln kam er auf sie zu.

»Ich freue mich, Sie hier begrüßen zu dürfen, Monsieur Maigret. Ich habe Ihnen das beste Zimmer reserviert. Möchten Sie vielleicht ein Gläschen unseres Weißweins?«

Lechat flüsterte: »Das ist Paul, der Wirt.«

Der Boden war mit roten Fliesen ausgelegt. Die Theke mit ihrer Zinnplatte erinnerte an die Theken der Pariser Bistros. Der Weißwein war kühl, ein wenig herb, mit kräftiger Würze.

»Auf Ihr Wohl, Monsieur Maigret. Ich hätte nie zu hoffen gewagt, dass ich eines Tages die Ehre haben würde, Sie hier zu empfangen.«

Er schien nicht darüber nachzudenken, dass er den Besuch einem Verbrechen zu verdanken hatte. Niemand schien sich wegen des Mordes an Marcellin Gedanken zu machen.

Die kleine Gruppe, die zuvor an der Mole gestanden hatte, war jetzt bis auf den Platz vorgedrungen und näherte sich unauffällig der Arche Noah. Einige setzten sich sogar auf die Terrasse.

Das Einzige, was sie zu interessieren schien, war, Maigret leibhaftig vor sich zu sehen, als sei er ein Filmstar. Machte er eine gute Figur? Sind die Leute von Scotland Yard souveräner darin, die Ermittlungen aufzunehmen? Mr Pyke schaute nur zu und sagte kein Wort.

»Ich würde mich gern ein wenig frisch machen«, sagte Maigret schließlich, nachdem er zwei Gläser Weißwein getrunken hatte.

»Jojo, zeig Monsieur Maigret doch bitte sein Zimmer. Geht Ihr Freund auch mit hinauf, Herr Kommissar?«

Jojo war ein Mädchen mit schwarzem Haar und schwarzem Kleid, einem breiten Lächeln und kleinen spitzen Brüsten.

Im ganzen Haus roch es nach Bouillabaisse und Safran. Vom Flur in der ersten Etage, der ebenso wie der Schankraum mit roten Fliesen ausgelegt war, gingen nur drei oder vier Zimmer ab, und man hatte für den Kommissar tatsächlich das schönste reserviert: Ein Fenster ging auf den Dorfplatz und das andere auf das Meer. Hätte er es nicht Mr Pyke überlassen müssen? Jetzt war es zu spät. Man hatte ihm schon ein anderes zugewiesen.

»Brauchen Sie sonst noch etwas, Monsieur Maigret? Das Bad ist am Ende des Flurs. Ich glaube, das Wasser ist gerade heiß.«

Lechat hatte ihn begleitet, was sich durchaus gehörte. Dennoch bat er ihn nicht in sein Zimmer. Es wäre ihm gegenüber seinem englischen Kollegen als nicht sehr taktvoll erschienen. Er hätte denken können, dass man etwas vor ihm verberge, dass man ihn nicht an den Ermittlungen teilnehmen lasse.

»Ich komme gleich hinunter, Lechat.«

Er hätte gern ein freundliches Wort für den Inspektor gefunden, der sich seiner so umsichtig annahm. Er glaubte sich zu erinnern, dass in Luçon viel von seiner Frau die Rede gewesen war. Im Türrahmen stehend, fragte er ihn darum freundschaftlich und im Vertrauen:

»Wie geht es Ihrer wunderbaren Frau?«

Und der arme Kerl stammelte:

»Wissen Sie das nicht? Sie ist auf und davon. Schon vor acht Jahren.«

Was für eine dumme Frage! Plötzlich fiel ihm alles wieder ein. Man hatte in Luçon nur deshalb so viel über Madame Lechat gesprochen, weil sie ihren Mann nach Strich und Faden betrog.

In seinem Zimmer tat Maigret nichts weiter, als sein Jackett auszuziehen, sich Hände und Gesicht zu waschen und die Zähne zu putzen. Er reckte und streckte sich vor dem offenen Fenster und legte sich einige Minuten aufs Bett, als wollte er die Matratze testen. Die Möbel waren altmodisch, aber freundlich, und auch hier nahm man den guten Duft der südländischen Küche wahr, der in sämtliche Winkel des Hauses drang. Maigret überlegte, ob er bei der Hitze in Hemdsärmeln hinuntergehen könnte. Aber es schien ihm doch zu leger und so zog er sein Jackett wieder an.

Als er hinunterkam, standen mehrere Leute an der Theke, vor allem Fischer. Lechat erwartete ihn an der Tür.

»Wollen Sie spazieren gehen, Chef?«

»Warten wir lieber noch auf Monsieur Pyke.«

»Er ist schon draußen.«

»Wo denn?«

»Im Wasser. Paul hat ihm eine Badehose geliehen.«

Sie gingen wie selbstverständlich Richtung Hafen. Der leicht abfallende Weg führte sie direkt dorthin. Hier nahm gewiss jeder unwillkürlich immer dieselben Wege.

»Ich glaube, Chef, Sie müssen sehr vorsichtig sein. Marcellins Mörder scheint etwas gegen Sie zu haben und wird Ihnen auf den Fersen sein.«

»Warten wir zunächst einmal ab, bis Monsieur Pyke wieder aus dem Wasser kommt.«

Lechat deutete auf einen Kopf, der jenseits der Boote auftauchte.

»Beteiligt er sich an den Ermittlungen?«

»Er schaut uns zu. Und er sollte nicht den Eindruck bekommen, dass wir etwas hinter seinem Rücken tun.«

»Im Grand Hôtel hätten wir mehr Ruhe gehabt. Es ist den ganzen Winter über geschlossen, und da es gerade erst wieder aufgemacht hat, sind noch keine Gäste dort. Man trifft sich bei Paul. Dort hat die ganze Geschichte auch begonnen, als Marcellin von Ihnen gesprochen und behauptet hat, Sie seien sein Freund.«

»Warten wir auf Monsieur Pyke.«

»Wollen Sie die Leute in seiner Anwesenheit vernehmen?«

»Das werde ich wohl müssen.«

Lechat verzog das Gesicht, wagte aber nicht zu widersprechen.

»Wohin wollen Sie sie vorladen? Es kommt wohl nur das Rathaus infrage. Allerdings besteht es nur aus einem Raum mit Bänken, einem Tisch, den Fahnen für den 14. Juli und einer Büste der Marianne. Der Bürgermeister ist zugleich der Besitzer des Gemischtwarenladens neben der Arche Noah. Sehen Sie, dort unten, er schiebt gerade den Karren vor sich her, das ist er.«

Mr Pyke tauchte jetzt am Ufer neben einer an einer Kette befestigten Barke auf, watete ans Ufer, während die Wasserspritzer in der Sonne glitzerten.

»Das Wasser ist wunderbar«, sagte er.

»Wenn es Ihnen recht ist, warten wir hier, bis Sie sich wieder angezogen haben.«

»Ich fühle mich ganz wohl so.«

Diesmal konnte Mr Pyke wieder einen Punkt für sich verbuchen. Er bewegte sich in seiner Badehose tatsächlich genauso natürlich wie in seinem grauen Anzug. Salzwassertropfen rannen an seinem schlanken Körper herunter. Er deutete auf eine schwarze Jacht, die aber nicht im Hafen, sondern einige Taulängen entfernt vor Anker lag. Man konnte die englische Flagge erkennen.

»Was ist das für ein Schiff?«

Lechat erklärte:

»Es heißt North Star. Das scheint so viel wie Nordstern zu bedeuten. Es kommt fast jedes Jahr hierher. Es gehört Mrs Ellen Wilcox: So heißt, glaube ich, auch ein Whisky. Sie ist die Besitzerin dieser Whiskyfabrik.«

»Ist sie noch jung?«

»Sie hat sich ganz gut gehalten. Sie lebt an Bord mit ihrem Sekretär, Philippe de Moricourt, und zwei Matrosen. Es gibt übrigens noch einen Engländer, der fast das ganze Jahr auf der Insel lebt. Sie können sein Haus von hier aus sehen. Es ist das mit dem Minarett.«

Mr Pyke schien nicht allzu begeistert zu sein, hier auf seine Landsleute zu treffen.

»Das ist Major Bellam, aber die Inselbewohner nennen ihn einfach Major und manchmal Teddy.«

»Ein Major der Indienarmee?«

»Ich weiß es nicht.«

»Trinkt er viel?«

»Ja. Sie werden ihn heute Abend in der Arche sehen und auch all die anderen, einschließlich Mrs Wilcox' und ihres Sekretärs.«

»Waren sie dabei, als Marcellin seine Reden schwang?«, fragte Maigret, nur um irgendetwas zu sagen. In Wahrheit interessierte er sich im Augenblick für gar nichts.

»Ja, waren sie. Es waren praktisch alle in der Arche, wie jeden Abend. In einer oder zwei Wochen strömen die Touristen wieder auf die Insel, und das Leben wird sich verändern. Im Augenblick ist zwar nicht mehr Winterzeit, in der nur die Einheimischen auf ihrer Insel sind, aber noch hat die Saison nicht begonnen. Allein die Stammgäste sind bereits eingetroffen. Ich weiß nicht, ob Sie das verstehen. Die meisten kommen schon seit Jahren her und kennen jeden. Der Major lebt seit acht Jahren im Minarett. Die Nachbarvilla ist die von Monsieur Emile.«

Lechat blickte Maigret an und zögerte einen Augenblick. Vielleicht empfand auch er so etwas wie patriotische Scham vor dem Engländer.

»Monsieur Emile?«

»Sie kennen ihn. Jedenfalls kennt er Sie. Er lebt mit seiner Mutter zusammen, der alten Justine, eine der berühmtesten Frauen der Küste. Ihr gehören die Fleurs in Marseille, die Sirènes in Nizza und zwei oder drei weitere Häuser in Toulon, Béziers, Avignon …«

Hatte Mr Pyke verstanden, um welche Art von Häusern es sich handelt?

»Justine ist neunundsiebzig Jahre alt. Ich hatte sie eigentlich für älter gehalten, denn Monsieur Emile behauptet, er sei fünfundsechzig. Sie muss ihn also schon mit vierzehn bekommen haben. Wenigstens hat sie es mir erst gestern versichert. Sie leben sehr zurückgezogen und empfangen nie Besuch. Ach, schauen Sie, der Mann im weißen Anzug und Tropenhut dort drüben in dem Garten, das ist Monsieur Emile. Er sieht aus wie eine weiße Maus. Er besitzt ein kleines Boot wie alle hier, aber er fährt fast nie über die Mole hinaus, an deren Ende er dann stundenlang sitzt und Meerjunker angelt.«

»Was ist das?«, fragte Mr Pyke, dessen Haut allmählich trocknete.

»Meerjunker? Ein sehr hübscher kleiner Fisch mit roten und blauen Flecken auf dem Rücken. Gebraten schmeckt er nicht schlecht, aber ein ernstzunehmender Fang ist das natürlich nicht.«

»Ich verstehe.«

Sie stapften alle drei durch den Sand, entlang der Rückseiten jener Häuser, deren Fassaden den Dorfplatz säumten.

»Es gibt hier noch jemandem aus dem Milieu. Wir werden wahrscheinlich neben ihm essen. Es ist Charlot. Als wir vorhin an Land gegangen sind, hat er Sie gegrüßt, Chef. Ich habe ihn gebeten zu bleiben, und er hat sich nicht dagegen gewehrt. Es hat zu meinem Erstaunen niemand die Insel verlassen wollen. Sie sind alle sehr ruhig und vernünftig.«

»Und was ist das da für eine Jacht?«

Eine riesige weiße Jacht, nicht besonders hübsch und ganz aus Metall, lag vor Anker und nahm fast den ganzen Hafen ein.

»Die Alcyon? Sie liegt da das ganze Jahr. Sie gehört einem Industriellen aus Lyon, Monsieur Jaureguy, der sie ganze acht Tage im Jahr benutzt. Und das bloß, um einen Steinwurf von der Insel entfernt allein zu baden. Es sind zwei Matrosen an Bord, zwei Bretonen. Die haben ein schönes Leben.«

Maigret rauchte seine Pfeife und schaute träge in die Gegend, während er Lechat halbherzig zuhörte. Erwartete der Engländer etwa, dass er sich Notizen machte?

»Sehen Sie das kleine grüne, seltsam geformte Schiff daneben? Die Kajüte ist winzig klein, aber trotzdem hausen dort zwei Leute, ein Mann und eine Frau. Sie haben sich an Deck aus dem Segel ein Zelt gebaut, in dem sie meistens schlafen. Sie kochen und waschen sich auch da. Es sind keine Stammgäste der Insel. Sie sind eines Morgens vor Anker gegangen und geblieben. Der Mann heißt Jef de Greef und ist Holländer. Von Beruf ist er Maler und erst vierundzwanzig Jahre alt. Sie werden ihn noch kennenlernen. Die Frau heißt Anna, ist aber nicht mit ihm verheiratet, wie ich in ihren Papieren gesehen habe. Sie ist achtzehn Jahre alt und in Ostende geboren. Sie ist immer halb nackt, manchmal sogar ganz. Wenn es abends dunkel wird, kann man die beiden am Ende der Mole splitternackt baden sehen.«

Für Mr Pyke fügte Lechat noch hinzu:

»Wenn ich den Fischern glauben darf, hält es Mrs Wilcox in der Nähe ihrer Jacht übrigens ebenso.«

Man beobachtete sie aus der Ferne. Noch immer spazierten die Leute in kleinen Gruppen umher, als hätten sie den lieben langen Tag nichts anderes zu tun.

»Noch fünfzig Meter, und Sie werden Marcellins Boot sehen.«

Der Hafen war jetzt nicht mehr von den Rückseiten der Häuser gesäumt, sondern von Villen, von denen die meisten im Grün versteckt lagen.

»Bis auf zwei stehen alle leer«, erklärte Lechat.

»Ich werde Ihnen sagen, wem sie gehören. In der dort wohnen Monsieur Emile und seine Mutter. Und von dem Minarett habe ich Ihnen ja schon erzählt.«

Eine Stützmauer trennte die Gärten vom Meer. Jede Villa hatte einen kleinen eigenen Steg. An einem dieser Stege war ein für die Insel typisches, ungefähr sechs Meter langes, an beiden Enden spitz zulaufendes Boot festgemacht.

»Das ist Marcellins Boot.«

Es war schmutzig und das Deck unaufgeräumt. Von der Mauer hob sich eine Art Herd ab, aus dicken Steinen gebaut, auf dem ein Topf, verrußte Kannen und leere Flaschen standen.

»Stimmt es, dass Sie ihn gekannt haben, Chef? Aus Paris?«

»Ja.«

»Die Inselbewohner wollen nicht glauben, dass er in Le Havre geboren ist. Alle sind davon überzeugt, dass er ein echter Südländer war, weil er so sprach. Ein seltsamer Kerl. Er lebte auf seinem Schiff, und hin und wieder machte er einen Ausflug aufs Festland, wie er sagte. Dann fuhr er bis nach Giens, Saint-Tropez oder Lavandou. Wenn das Wetter zu schlecht war, schlief er in der Hütte, die Sie dort hinten etwas oberhalb des Hafens sehen können. Dort kochen die Fischer ihre Netze aus. Er war sehr anspruchslos. Der Metzger schenkte ihm ab und zu ein Stück Fleisch. Er fischte kaum, eigentlich nur im Sommer, wenn er Touristen herumfuhr. An der Küste gibt es ja einige von der Sorte.«

»Haben Sie solche Typen in England auch?«, fragte Maigret Mr Pyke.

»Dafür ist es zu kalt. Bei uns gibt es nur die Herumtreiber, die die Quais unsicher machen und in den Häfen herumlungern.«

»Hat er getrunken?«

48

»Weißwein. Wenn man ihn für eine Arbeit anheuerte, bezahlte man ihn mit einer Flasche Weißwein. Er verdiente sich ihn auch beim Boule, denn darin war er Meister. Auf dem Boot habe ich den Brief gefunden. Den gebe ich Ihnen gleich. Ich habe ihn im Rathaus gelassen.«

»Und sonst keine Papiere?«

»Seinen Militärpass, ein Foto einer Frau, das ist alles. Merkwürdig, dass er Ihren Brief aufgehoben hat. Finden Sie nicht auch?«

Maigret fand das gar nicht so erstaunlich. Er hätte gern mit Mr Pyke darüber gesprochen, dessen Badehose jetzt trockene Stellen aufwies. Er würde es später noch tun.

»Wollen Sie in die Hütte schauen? Ich habe sie abgeschlossen, aber den Schlüssel dabei. Ich muss ihn bald den Fischern zurückgeben, sie brauchen die Hütte.«

Nein, von der Hütte wollte Maigret jetzt nichts wissen. Er hatte Hunger. Und er wollte seinen englischen Kollegen nicht länger in seiner spärlichen Bekleidung ansehen müssen. Ohne dass er es genauer begründen konnte, war ihm dieser Aufzug unangenehm. Er war es nicht gewohnt, in Begleitung eines Mannes in Badehose zu ermitteln.

Außerdem musste er auch noch mehr Weißwein trinken. Das gehörte entschieden zur Tradition der Insel. Mr Pyke ging hinauf, um sich wieder anzuziehen, und kam wie Lechat ohne Krawatte und mit offenem Hemdkragen wieder herunter. Er hatte obendrein auch noch die Zeit gefunden, sich – wahrscheinlich in dem Gemischtwarenladen des Bürgermeisters – ein Paar blaue Leinenschuhe zu besorgen.

Die Fischer schienen sich gern mit ihnen unterhalten zu wollen, aber offensichtlich trauten sie sich nicht. Die Arche bestand aus zwei Räumen, dem Schankraum mit der Theke und einem kleineren Raum mit Tischen, auf denen rot karierte Decken lagen. Es war bereits für sie gedeckt. Zwei Tische weiter war Charlot damit beschäftigt, Seeigel zu verzehren. Wieder grüßte er Maigret, indem er die Hand an die Schläfe hob. Dann fragte er beiläufig:

»Wie geht's?«

Sie hatten vor fünf oder sechs Jahren einige Stunden, vielleicht sogar eine ganze Nacht, miteinander in Maigrets Büro verbracht. Der Kommissar hatte seinen richtigen Namen vergessen. Jeder kannte ihn als Charlot. Er ging den verschiedensten Beschäftigungen nach, beschaffte den »Nachwuchs« für die Bordelle an der Küste, schmuggelte Kokain und einiges andere, interessierte sich für Pferderennen und war bei den Wahlen einer der aktivsten Stimmungsmacher der Küste.

Er war sehr auf ein gepflegtes Äußeres bedacht, auf eine distinguierte Gestik, strahlte eine unerschütterliche Ruhe aus und hatte immer ein leicht ironisches Funkeln in den Augen.

»Mögen Sie die südländische Küche, Monsieur Pyke?«

»Ich kenne sie nicht.«

»Wollen Sie sie probieren?«

»Gern.«

Und Paul, der Wirt, sagte:

»Wie wäre es zu Beginn mit kleinen Vögeln? Ich habe heute früh ganz junge, frische bekommen.«

Es waren Rotkehlchen. Paul machte den Fehler, es dem Engländer zu verkünden, als er sie ihm servierte, und Mr Pyke konnte nicht umhin, traurig auf seinen Teller zu blicken.

»Sie müssen zugeben, Kommissar, dass ich sehr höflich gewesen bin.«

Ohne seine Mahlzeit zu unterbrechen, richtete Charlot über die Tische hinweg mit halblauter Stimme das Wort an sie.

»Ich habe Sie geduldig erwartet. Ich habe den Inspektor nicht einmal um die Erlaubnis gebeten, mich zu entfernen.«

Ein ziemlich langes Schweigen.

»Wenn Sie wünschen, stehe ich Ihnen zur Verfügung. Paul wird Ihnen sagen, dass ich mich an dem betreffenden Abend nicht aus der Arche wegbewegt habe.«

»Haben Sie es eilig?«

»Inwiefern?«

»Ihre Unschuld zu beweisen?«

»Ich will Ihnen den Weg ebnen, nichts weiter. Ich tue mein Bestes, damit Sie nicht ins Schwimmen geraten. Denn damit müssen Sie rechnen. Ich schwimme gut, denn ich komme von hier.«

»Haben Sie Marcellin gekannt?«

»Ich habe hundertmal mit ihm getrunken, falls Sie das meinen. Stimmt es, dass Sie jemanden von Scotland Yard dabeihaben?«

Spöttisch musterte er Mr Pyke wie einen sonderbaren Gegenstand.

»Das ist kein Fall für ihn. Das ist nicht einmal ein Fall für Sie, wenn ich meine Meinung dazu äußern darf. Sie wissen, ich habe nie krumme Dinger gedreht. Wir haben uns schon mal ausgesprochen. Wir haben uns gegenseitig keinen Ärger gemacht. Wie heißt doch der kleine dicke Inspektor, der da in Ihrem Büro war? Lucas! Wie geht es Lucas? Paul! Jojo! … He!«

Da niemand kam, ging er in die Küche und kam kurz darauf mit einem Teller zurück, der Knoblauchduft verströmte.

»Störe ich Sie vielleicht bei Ihrer Unterhaltung?«

»Keineswegs.«

»In dem Fall bräuchten Sie mich nur höflich zu bitten, den Mund zu halten. Ich bin genau vierunddreißig Jahre alt. Genauer gesagt, bin ich es gerade gestern geworden. Und da kennt man sich allmählich aus. Ich habe mit Ihren Kollegen in Paris, Marseille oder anderswo einige Auseinandersetzungen gehabt. Sie haben sich mir gegenüber nicht immer korrekt verhalten. Wir haben uns nicht immer verstanden, aber eins werden Ihnen alle bestätigen können: Charlot hat sich nie die Hände schmutzig gemacht!«

Das stimmte, wenn man darunter verstand, dass er niemanden getötet hatte. Sein Konto wies ein gutes Dutzend Verurteilungen auf, allerdings für verhältnismäßig harmlose Vergehen.

»Wissen Sie, warum ich regelmäßig herkomme? Es gefällt mir hier, und Paul ist ein guter Freund von mir. Aber es gibt noch einen anderen Grund. Sehen Sie dort in der linken Ecke den Spielautomaten? Der gehört mir, und ich habe wohl an die fünfzig von den Dingern, von Marseille bis Saint-Raphaël. Das ist zwar nicht ganz rechtens, und hin und wieder machen mir die Herren Schwierigkeiten und beschlagnahmen mir einen oder zwei.«

Armer Mr Pyke, der schweren Herzens die kleinen Vögel aufgegessen hatte. Jetzt roch er mit sichtlichem Unbehagen den Knoblauch.

»Sie fragen sich, warum ich so viel rede, nicht wahr?«

»Ich habe mich noch nichts gefragt.«

»Das ist sonst auch nicht meine Art. Ich will es

Ihnen trotzdem sagen. Hier, das heißt auf der Insel, gibt es zwei Personen, auf die die Geschichte unwillkürlich zurückfallen muss: Emile und mich. Wir wissen beide genau, was gespielt wird. Die Leute sind sehr freundlich zu uns, besonders weil wir immer Spendierhosen anhaben. Aber man zwinkert sich zu und redet hinter vorgehaltener Hand: ›Das sind Verbrecher!‹ oder ›Guck dir den an, der ist gefährlich‹. Bei der winzigsten Kleinigkeit fällt der Verdacht auf uns.

Ich weiß längst Bescheid, und deshalb habe ich mich ruhig verhalten. Freunde erwarten mich an der Küste, und ich habe nicht mal versucht, mit ihnen zu telefonieren. Ihr kleiner Inspektor, der mit dem lieben Kindergesicht, lässt mich nicht aus den Augen, und seit zwei Tagen juckt es ihn in sämtlichen Fingern, mich einzubuchten. Nun, ich will es Ihnen ganz einfach sagen, um Ihnen einen Schnitzer zu ersparen: Das wäre nicht gerecht. Das ist alles, und im Übrigen stehe ich Ihnen zu Diensten.«

Maigret wartete, den Zahnstocher im Mund, bis Charlot hinausgegangen war, ehe er seinen Kollegen von Scotland Yard leise fragte:

»Kommt das bei Ihnen auch manchmal vor, dass aus ›Kunden‹ Freunde werden?«

»Nicht so ganz.«

»Wie meinen Sie das?«

»Wir haben nicht so viele Leute von der Sorte

54

dieses Herrn. Manches läuft bei uns anders, verstehen Sie?«

Warum dachte Maigret an Mrs Wilcox und ihren jungen Sekretär? Manches lief in der Tat anders.

»Zum Beispiel habe ich lange, man kann fast sagen freundschaftliche Beziehungen zu einem berühmten Juwelendieb unterhalten. Es gibt bei uns viele Juwelendiebe. Das ist eine unserer wenigen nationalen Spezialitäten. Es sind fast immer gebildete Menschen, die die besten Schulen besucht haben und in eleganten Klubs verkehren. Aber es ist für uns ebenso schwierig, sie auf frischer Tat zu ertappen, wie für Sie, solche wie diesen Herrn und jenen Monsieur Emile zu fassen. Vier Jahre lang habe ich mich an die Fersen eines solchen Diebes geheftet. Er wusste es. Es kam oft vor, dass wir zusammen in einer Bar einen Whisky tranken. Wir haben auch so einige Partien Schach miteinander gespielt.«

»Und haben Sie ihn dann gefasst?«

»Nein, nie. Wir haben schließlich ein *Gentlemen's Agreement* getroffen. Kennen Sie diesen Ausdruck? Ich habe seine Pläne so sehr durchkreuzt, dass er keinen neuen Coup landen konnte und es ihm erbärmlich schlecht ging. Ich habe viel Zeit mit ihm verloren und ihm dann geraten, seine Talente anderweitig auszuleben. Sagt man das so?«

»Und? Ist er dann nach New York gegangen, um dort Juwelen zu stehlen?«

»Ich glaube, er ist in Paris«, bemerkte Mr Pyke seelenruhig und ergriff seinerseits einen Zahnstocher.

Eine zweite Flasche Inselwein, die Jojo unaufgefordert gebracht hatte, war mehr als zur Hälfte geleert.

Der Wirt erschien und fragte:

»Wie wäre es mit einem Schnaps? Nach der Knoblauchcreme ist das Pflicht.«

Es war nicht sehr warm, ja fast kühl in dem Raum, während die grelle Sonne über dem Dorfplatz alles niederdrückte und die Luft vor Fliegenschwärmen summte.

Charlot hatte wohl zur Verdauung mit einem Fischer eine Partie Boule begonnen, und ein halbes Dutzend Männer sah zu.

»Finden die Verhöre im Rathaus statt?«, erkundigte sich der kleine Lechat, der noch nicht im Geringsten müde zu sein schien.

»Welche Verhöre?«, hätte Maigret beinahe entgegnet.

Aber er durfte die Anwesenheit von Mr Pyke nicht vergessen, der seinen Schnaps beinahe ganz ohne Unbehagen hinunterstürzte.

»Im Rathaus, ja …«

Lieber hätte er jetzt ein Mittagsschläfchen gehalten.

3

Benoîts Sarg

Monsieur Félicien Jamet, der Bürgermeister (man rief ihn natürlich immer nur Félicien), kam mit seinem Schlüssel und öffnete die Tür zum Amtsraum. Zwei Mal schon hatte Maigret sich gefragt, als er ihn den Platz überqueren sah, was mit seiner Kleidung nicht stimmte. Jetzt war es ihm plötzlich klar: Der Bürgermeister trug statt der gelblichen Schürze der Krämer den grauen Kittel der Eisenwarenhändler. Vielleicht weil er in seinem Laden auch Lampen, Petroleum, Eisendraht und Nägel verkaufte. Der Kittel reichte ihm fast bis an die Knöchel. Ob er eine Hose darunter trug? Oder wegen der Hitze darauf verzichtete? Sollte er eine Hose anhaben, war sie jedenfalls so kurz, dass ihr Saum nicht unter dem Kittel hervorschaute, und so schien der Bürgermeister im Nachthemd herumzulaufen. Genauer gesagt – und das seltsame Käppchen auf seinem Kopf steigerte diesen Eindruck noch – hatte er etwas Mittelalterliches an sich, und man hätte schwören können, ihn schon auf irgendeinem Kirchenfenster gesehen zu haben.

»Sie brauchen mich wohl nicht, Messieurs?«

Auf der Schwelle des staubigen Raumes sahen Maigret und Mr Pyke sich erstaunt an, blickten dann zu Lechat und schließlich zu Félicien. Auf dem Tisch, der bei den Versammlungen des Stadtrats und den Wahlen benutzt wurde, stand ein Sarg aus unbehandeltem Holz, der nicht gerade neu zu sein schien.

Als wäre es das Selbstverständlichste der Welt, sagte Monsieur Jamet:

»Würden Sie vielleicht mit anfassen, dann können wir ihn in die Ecke stellen. Das ist der Gemeinde-Sarg. Wir sind gesetzlich dazu verpflichtet, unsere bedürftigen Mitbürger ordnungsgemäß zu bestatten, und wir haben nur einen Tischler auf der Insel, der zudem schon sehr alt ist und sehr langsam arbeitet. In der Hitze können die Leichen aber nicht so lange warten.«

Er sprach davon, als sei es etwas völlig Natürliches. Maigret warf einen verstohlenen Blick auf den Beamten von Scotland Yard.

»Gibt es auf der Insel viele arme Leute?«

»Eigentlich nur einen, den alten Benoît.«

»Dann ist der Sarg also für Benoît bestimmt?«

»An sich ja. Aber am Mittwoch haben wir darin Marcellins Leiche nach Hyères gebracht. Doch keine Angst, der Sarg ist desinfiziert.«

In dem Raum standen nur noch ein paar sehr bequeme Klappstühle.

»Kann ich Sie jetzt allein lassen, Messieurs?«

»Einen Augenblick noch. Wer ist Benoît?«

»Sie haben ihn sicher schon gesehen oder werden es noch: Die Haare hängen ihm bis auf die Schultern, und er hat einen struppigen Bart. Schauen Sie doch mal durch das Fenster. Dahinten auf der Bank, dicht bei den Boulespielern, hält er gerade ein Nickerchen.«

»Wie alt ist er?«

»Das weiß niemand, und er selbst auch nicht. Er behauptet, fast hundert zu sein, aber das ist wohl nur Angeberei. Er hat keine Papiere. Sein richtiger Name ist unbekannt. Er ist schon vor sehr langer Zeit auf die Insel gekommen. Morin-Barbu, dem das Café an der Ecke gehört, war damals noch ein junger Mann.«

»Woher ist er gekommen?«

»Auch das weiß keiner so genau. Auf jeden Fall aus Italien. Die meisten sind aus Italien gekommen. Man erkennt an ihrer Art zu sprechen, ob sie aus Genua oder der Gegend von Neapel stammen, aber Benoît hat seine eigene Sprache. Man kann ihn nur schwer verstehen.«

»Ist er etwas einfältig?«

»Wie bitte?«

»Ist er ein wenig verrückt?«

»Er ist gewitzt wie ein Affe. Heute sieht er noch aus wie ein alter Patriarch. Aber in ein paar Tagen, wenn die Feriengäste kommen, wird er sich Bart und Haare rasieren. Er tut das jedes Jahr um die gleiche Zeit. Und dann wird er wieder Köderwürmer fangen.«

Hier gab es so vieles, was er noch lernen musste.

»Köderwürmer?«

»Das sind Würmer mit sehr harten Köpfen, die man im Sand am Ufer findet. Die Fischer nehmen sie lieber als andere Würmer, weil sie fester am Angelhaken sitzen. Sie zahlen einen guten Preis dafür. Den ganzen Sommer fängt Benoît Köderwürmer und steht dabei immer bis zu den Knien im Wasser. In seinen jungen Jahren ist er Maurer gewesen. Er hat viele Häuser auf der Insel gebaut. Brauchen Sie sonst noch etwas, Messieurs?«

Maigret beeilte sich, das Fenster zu öffnen, um den Geruch nach Muff und Schimmel zu verscheuchen. Man schien das letzte Mal am 14. Juli beim Heraustragen der Fahnen und Stühle gelüftet zu haben.

Der Kommissar wusste eigentlich nicht, was er hier sollte. Er hatte nicht die geringste Lust, jemanden zu vernehmen. Warum ist er nur auf Inspektor Lechats Vorschlag eingegangen? Aus Feigheit Mr Pyke gegenüber? Aber ist es nicht nur logisch, dass man zu Beginn der Ermittlungen die Leute vernimmt? Machen sie es in England nicht ebenso? Würde man ihn ernst nehmen, wenn er auf der

60

Insel herumstriche wie jemand, der nichts anderes zu tun hat?

Dennoch, im Augenblick interessierte ihn keine bestimmte Person, sondern nur die Insel. Das, was zum Beispiel der Bürgermeister eben erzählt hatte, gab seinen noch flüchtigen Gedanken eine Richtung. Diese Männer auf den kleinen Booten, die an den Küsten auf und ab fuhren, so wie man zu Hause einen Boulevard entlangspaziert! Das passte nicht zu der Vorstellung, die er vom Meer hatte. Hier erschien ihm das Meer als etwas Vertrautes. Ein paar Meilen hinter Toulon traf man auf Menschen, die mir nichts, dir nichts von Genua und Neapel aus in ein Boot gestiegen waren, unterwegs etwas geangelt hatten und schließlich hier gelandet sind. So etwa hatte es auch Marcellin gemacht. Man legte an, und wenn es einem gefiel, blieb man und schrieb vielleicht noch in die Heimat, um die Frau oder Braut nachkommen zu lassen.

»Soll ich sie nacheinander herbringen, Chef? Mit wem wollen Sie beginnen?«

Maigret war das egal.

»Ich sehe da gerade den jungen de Greef mit seiner Freundin über den Platz gehen. Soll ich ihn holen?«

Lechat setzte Maigret zu, und er wagte nicht, etwas dagegen zu sagen. Immerhin tröstete es ihn, dass sein Kollege ebenso wenig Lust hatte zu arbeiten wie er.

»Werden die Zeugen, die Sie vernehmen wollen«, fragte Mr Pyke nun, »in aller Form vorgeladen?«

»Nein, ganz und gar nicht. Sie kommen von allein. Sie können aussagen oder die Aussage verweigern. Meistens sagen sie lieber aus, sie könnten aber auch einen Anwalt fordern.«

Es schien sich herumgesprochen zu haben, dass der Kommissar im Rathaus war, denn wie bereits am Morgen bildeten sich kleine Gruppen auf dem Platz. Ein ganzes Stück entfernt, unter dem Eukalyptusbaum, unterhielt sich Lechat angeregt mit einem Paar, das ihm schließlich folgte. Eine Mimose gleich neben der Tür sandte ihren süßen Duft herein, der dem muffigen Geruch im Amtsraum eine seltsame Note gab.

»Bei Ihnen geht es wahrscheinlich förmlicher zu.«

»Nicht immer. Auf dem Land oder in kleinen Städten finden die Verhöre oft im Hinterzimmer eines Gasthofs statt.«

Dank seiner gebräunten Haut wirkten de Greefs blonde Haare noch heller, und er sah aus, als käme er aus der Südsee. Er trug nur helle Shorts und Leinenschuhe, während das Mädchen an seiner Seite einen Pareo, wie ihn die Frauen in der Südsee tragen, eng um den Körper geschlungen hatte.

»Sie möchten mich sprechen?«, fragte er misstrauisch.

»Kommen Sie nur herein«, beruhigte ihn Lechat.

»Kommissar Maigret muss jeden vernehmen. Reine Routine.«

Der Holländer sprach ein fast akzentfreies Französisch. Er hatte ein Netz in der Hand. Wahrscheinlich wollten die beiden gerade einkaufen gehen.

»Leben Sie schon lange an Bord Ihres Schiffs?«

»Drei Jahre. Warum?«

»Nur so. Sie sind Maler, wie man mir berichtet hat. Verkaufen Sie Ihre Bilder?«

»Wenn sich eine Gelegenheit dazu bietet.«

»Bietet sie sich oft?«

»Nur selten. Letzte Woche habe ich ein Bild an Mrs Wilcox verkauft.«

»Kennen Sie sie gut?«

»Ich habe sie hier kennengelernt.«

Lechat trat neben Maigret und flüsterte ihm etwas zu. Er wollte wissen, ob er Monsieur Emile holen sollte, und der Kommissar nickte.

»Was ist sie für ein Mensch?«

»Mrs Wilcox? Sie ist eine sehr amüsante Person.«

»Was heißt das?«

»Nichts. Ich hätte sie genauso gut in Montparnasse kennenlernen können, denn sie verbringt den Winter immer in Paris. Wir haben festgestellt, dass wir gemeinsame Freunde haben.«

»Waren Sie häufig in Montparnasse?«

»Ich habe ein Jahr in Paris gelebt.«

»Auf Ihrem Schiff?«

»Wir haben am Pont-Marie vor Anker gelegen.«

»Sind Sie vermögend?«

»Ich habe nicht einen Sou.«

»Sagen Sie, wie alt ist Ihre Freundin eigentlich?«

»Achtzehneinhalb.«

Dem Mädchen hing das Haar ins Gesicht, und der eng anliegende Pareo betonte deutlich ihre weiblichen Formen. Sie sah aus wie eine junge Wilde und blickte Maigret und Mr Pyke wütend an.

»Sie sind nicht verheiratet?«

»Nein.«

»Sind ihre Eltern dagegen?«

»Sie wissen, dass sie mit mir zusammenlebt.«

»Seit wann leben Sie zusammen?«

»Seit zweieinhalb Jahren.«

»Das heißt, dass sie gerade sechzehn war, als sie Ihre Geliebte wurde.«

Weder er noch sie störten sich an dieser Formulierung.

»Haben ihre Eltern nicht versucht, sie zurückzuholen?«

»Sie haben es mehrmals versucht. Aber sie ist immer wieder zu mir zurückgekommen.«

»Und dann haben sie es schließlich aufgegeben?«

»Sie ziehen es vor, sich keine Gedanken mehr um ihre Tochter zu machen.«

»Wovon haben Sie in Paris gelebt?«

»Ich habe hin und wieder ein Bild oder eine Zeichnung verkauft. Und außerdem hatte ich Freunde.«

»Die Ihnen Geld liehen?«

»Manchmal. Zeitweise habe ich auch in den Markthallen Gemüse geschleppt und gelegentlich Prospekte verteilt.«

»Hatten Sie damals schon den Wunsch, nach Porquerolles zu kommen?«

»Ich wusste gar nicht, dass es diese Insel gibt.«

»Wo wollten Sie hin?«

»Irgendwohin, wo die Sonne scheint.«

»Und wohin wollen Sie jetzt?«

»Noch weiter weg.«

»Nach Italien?«

»Oder anderswohin.«

»Kannten Sie Marcellin?«

»Er hat mir geholfen, mein Schiff in Ordnung zu bringen, als es ein Leck hatte.«

»Waren Sie in der Nacht, in der er starb, in der Arche Noah?«

»Wir sind fast jeden Abend dort.«

»Was haben Sie an dem Abend gemacht?«

»Anna und ich haben Schach gespielt.«

»Darf ich fragen, Monsieur de Greef, was Ihr Vater von Beruf ist?«

»Er ist Richter in Groningen.«

»Wissen Sie, warum Marcellin ermordet worden ist?«

»Ich bin nicht sehr neugierig.«

»Hat er mit Ihnen über mich gesprochen?«

»Wenn er es getan hat, habe ich nicht zugehört.«

»Besitzen Sie einen Revolver?«

»Wozu?«

»Haben Sie mir nichts zu sagen?«

»Gar nichts.«

»Und Sie, Mademoiselle?«

»Auch nichts.«

Sie wollten gerade gehen, da rief er sie noch einmal zurück.

»Noch eine Frage: Haben Sie augenblicklich Geld?«

»Ich habe Ihnen ja schon gesagt, dass ich ein Bild an Mrs Wilcox verkauft habe.«

»Sind Sie an Bord ihrer Jacht gewesen?«

»Mehrmals.«

»Zu welchem Zweck?«

»Nun, was macht man schon an Bord einer Jacht?«

»Ich weiß es nicht.«

In leicht verächtlichem Ton sagte de Greef:

»Man trinkt. Wir haben getrunken. Sonst noch was?«

Lechat hatte nicht weit gehen müssen, um Monsieur Emile zu finden. Die beiden Männer standen an einem schattigen Plätzchen unweit des Rathauses. Monsieur Emile sah älter aus, als es seinen fünfundsechzig Jahren entsprochen hätte, und er machte einen äußerst gebrechlichen Eindruck, bewegte sich nur vorsichtig, als fürchtete er auseinanderzubrechen. Er sprach leise und schonte seine Kräfte, um ja nichts davon zu verschwenden.

»Kommen Sie herein, Monsieur Emile. Wir kennen uns doch schon, nicht wahr?«

Da Justines Sohn nach einem Stuhl schielte, fuhr Maigret fort: »Sie können sich setzen. Haben Sie Marcellin gekannt?«

»Sehr gut.«

»Hatten Sie regelmäßig mit ihm zu tun? Seit wann?«

»Seit wie vielen Jahren, kann ich nicht mehr genau sagen. Aber meine Mutter muss es wissen. Seit Ginette für uns arbeitet.«

Für einen Moment wurde es still. Merkwürdig still. Als wäre in der friedlichen Atmosphäre des Raumes soeben eine Seifenblase geplatzt. Maigret und Mr Pyke sahen sich an. Was hatte Mr Pyke gesagt, als sie Paris verlassen hatten? Er hatte von Ginette gesprochen. Er hatte sich gewundert – diskret wie immer –, dass der Kommissar sich nicht dafür interessiert hatte, was aus ihr geworden war.

Jetzt waren keine Nachforschungen mehr nötig. Monsieur Emile hatte sie einfach mit seinen ersten

Worten erwähnt. Ginette, die Maigret einst in ein Sanatorium geschickt hatte.

»Sie sagen, sie arbeitet für Sie? Ich nehme an, das soll heißen, in einem Ihrer Häuser.«

»In dem in Nizza.«

»Einen Augenblick, Monsieur Emile. Vor etwa fünfzehn Jahren bin ich ihr in Ternes begegnet, und damals war sie schon kein Kind mehr. Wenn ich mich nicht täusche, muss sie weit über dreißig sein, und die Tuberkulose hat sie bestimmt nicht verjüngt. Sie muss jetzt …«

»Sie ist zwischen fünfundvierzig und fünfzig.«

Und als sei es das Natürlichste der Welt, fügte Monsieur Emile hinzu:

»Sie leitet das Les Sirènes in Nizza.«

Es war besser, jetzt nicht zu Mr Pyke zu schauen. Vermutlich lag gerade so viel Ironie in seinem Blick, wie es die gute Erziehung gestattete. War Maigret nicht errötet? Es war ihm jedenfalls bewusst, dass er nun äußerst lächerlich dastand.

Schließlich hatte er damals den Samariter gespielt. Nachdem Marcellin ins Gefängnis gekommen war, hatte sich Maigret um Ginette gekümmert und sie, wie in einem Groschenheft, »von der Straße aufgelesen« und in ein Sanatorium einweisen lassen.

Er sah sie deutlich vor sich. Erschreckend mager war sie gewesen, hatte so fiebrige Augen und einen verbitterten Zug um den Mund gehabt, dass man kaum glauben konnte, dass sich Männer mit ihr hatten einlassen wollen.

»Sie müssen etwas für sich tun, meine Kleine«, hatte er zu ihr gesagt.

Und sie hatte gehorsam geantwortet:

»Das möchte ich auch gern, Monsieur Maigret. Denken Sie, mir macht das Spaß?«

Mit leichter Ungeduld musterte er Monsieur Emile und fragte:

»Sind Sie sicher, dass es sich um dieselbe Frau handelt? Damals war sie hochgradig schwindsüchtig.«

»Sie ist mehrere Jahre im Sanatorium gewesen.«

»Ist sie Marcellin treu geblieben?«

»Sie hat ihn kaum noch gesehen, wissen Sie. Sie ist sehr beschäftigt. Hin und wieder schickte sie ihm Geld. Keine großen Summen. Er brauchte nicht viel.«

Monsieur Emile fischte ein Eukalyptusbonbon aus einem Döschen und lutschte es langsam.

»Hat er sie in Nizza besucht?«

»Das glaube ich nicht. Es ist ein elegantes Haus. Sie kennen es sicher.«

»Ist Marcellin ihretwegen in den Süden gekommen?«

»Das weiß ich nicht. Er war ein seltsamer Kerl.«

»Ist Ginette augenblicklich in Nizza?«

»Sie hat uns heute früh aus Hyères angerufen. Sie hat in der Zeitung von dem Verbrechen gelesen und ist nach Hyères gefahren, um sich um das Begräbnis zu kümmern.«

»Wissen Sie, wo sie wohnt?«

»Im Hôtel des Palmes.«

»Waren Sie an dem Abend des Mordes in der Arche?«

»Ich war kurz dort, um meinen Tee zu trinken.«

»Sind Sie vor Marcellin gegangen?«

»Bestimmt. Ich gehe nie nach zehn Uhr schlafen.«

»Haben Sie ihn von mir sprechen hören?«

»Kann sein. Ich habe nicht darauf geachtet. Ich bin etwas schwerhörig.«

»Wie stehen Sie zu Charlot?«

»Ich kenne ihn, habe aber nichts mit ihm zu tun.«

»Warum nicht?«

Monsieur Emile versuchte offensichtlich, etwas Delikates zu erklären.

»Ist nicht meine Welt, verstehen Sie?«

»Hat er nie für Ihre Mutter gearbeitet?«

»Es mag sein, dass er ihr hin und wieder Personal beschafft hat.«

»Hat er sich etwas zuschulden kommen lassen?«

»Ich glaube nicht.«

»Hat Marcellin Ihnen ebenfalls Personal beschafft?«

»Nein. Damit hatte er nichts zu tun.«

»Wissen Sie gar nichts?«

»Nicht das Geringste. Ich kümmere mich nicht

mehr um die Geschäfte. Meine Gesundheit erlaubt es mir nicht.«

Was mochte Mr Pyke von alldem denken? Gab es in England auch Typen wie Monsieur Emile?

»Ich werde vielleicht kurz Ihre Mutter aufsuchen.«

»Sie sind bei uns immer willkommen, Kommissar.«

Lechat stand wieder vor der Tür, diesmal in Begleitung eines jungen Mannes in weißer Flanellhose, blau karierter Jacke und Schiffsmütze.

»Monsieur Philippe de Moricourt«, meldete er. »Er ist gerade mit dem Ruderboot herübergekommen.«

»Sie möchten mich sprechen, Kommissar?«

Er war ein Mann in den Dreißigern und sah entgegen dem, was man hätte vermuten können, nicht sonderlich gut aus.

»Ich nehme an, das ist eine reine Formsache.«

»Setzen Sie sich.«

»Muss das sein? Ich sitze so ungern.«

»Dann bleiben Sie stehen. Sie sind der Sekretär von Mrs Wilcox?«

»Nun, die Bezeichnung stimmt nicht ganz. Sagen wir lieber, ich bin ihr Gast und aus Freundschaft gelegentlich für sie als Sekretär tätig.«

»Schreibt Mrs Wilcox ihre Memoiren?«

»Nein. Warum fragen Sie mich das?«

»Kümmert Sie sich selbst um Ihre Whiskyfabrik?«

»Nicht im Geringsten.«

»Schreiben Sie ihre privaten Briefe?«

»Ich weiß nicht, worauf Sie hinauswollen.«

»Auf gar nichts, Monsieur Moricourt.«

»De Moricourt.«

»Bitte, wenn Ihnen so viel daran liegt. Ich wollte mir nur eine Vorstellung von Ihrer Arbeit machen.«

»Mrs Wilcox ist nicht mehr die Jüngste.«

»Eben darum.«

»Das verstehe ich nicht.«

»Das hat auch nichts weiter zu bedeuten. Sagen Sie, Monsieur de Moricourt – so ist es doch richtig, nicht wahr –, wo haben Sie Mrs Wilcox kennengelernt?«

»Ist das ein Verhör?«

»Nennen Sie es, wie Sie wollen.«

»Muss ich diese Frage beantworten?«

»Sie können warten, bis ich Sie in aller Form vorlade.«

»Bin ich in Ihren Augen verdächtig?«

»So wie jeder andere auch.«

Der junge Mann überlegte einen Augenblick und warf dann seine Zigarette durch die offene Tür hinaus. »Ich habe sie im Kasino in Cannes kennengelernt.«

»Ist das schon lange her?«

»Etwas mehr als ein Jahr.«

»Spielen Sie?«

»Ich habe gespielt. Auf die Weise habe ich mein Geld verloren.«

»Waren Sie reich?«

»Die Frage erscheint mir indiskret.«

»Haben Sie schon einmal gearbeitet?«

»Ich war Attaché im Kabinett eines Ministers.«

»Der wahrscheinlich ein Freund Ihrer Familie war.«

»Woher wissen Sie das?«

»Kennen Sie den jungen de Greef?«

»Er war mehrmals an Bord, und wir haben ihm ein Bild abgekauft.«

»Sie wollen sagen, dass Mrs Wilcox ihm ein Bild abgekauft hat.«

»Allerdings. Entschuldigen Sie.«

»War Marcellin auch an Bord der North Star?«

»Hin und wieder.«

»Als Gast?«

»Das ist schwer zu erklären, Kommissar. Mrs Wilcox ist ein sehr großzügiger Mensch.«

»Das kann ich mir denken.«

»Alles interessiert sie, vor allem hier am Mittelmeer, das sie über alles liebt und wo es von originellen Gestalten nur so wimmelt. Marcellin war unbestreitbar so eine Gestalt.«

»Hat man ihm zu trinken angeboten?«

»Jedem wird etwas zu trinken angeboten.«

»Waren Sie am Abend des Verbrechens in der Arche?«

»Wir waren mit dem Major zusammen.«

»Das ist wohl auch so eine Gestalt?«

»Mrs Wilcox hat ihn bereits in England gekannt. Es ist eine rein gesellschaftliche Bekanntschaft.«

»Haben Sie Champagner getrunken?«

»Der Major trinkt nur Champagner.«

»Waren Sie sehr angeheitert?«

»Wir haben uns benommen, wie es sich gehört.«

»Hat sich Marcellin zu Ihnen gesellt?«

»Alle haben sich mehr oder weniger zu uns gesellt. Kennen Sie Major Bellam noch nicht?«

»Ich werde gewiss bald das Vergnügen haben.«

»Er ist die Großzügigkeit in Person. Wenn er in die Arche kommt …«

»Geht er oft dorthin?«

»Ja. Und er spendiert dann fast immer eine Runde. Jeder stößt mit ihm an. Er lebt schon so lange auf der Insel, dass er jedes Kind beim Namen kennt.«

»Marcellin ist also auch an Ihren Tisch gekommen? Er hat ein Glas Champagner getrunken.«

»Nein. Champagner war ihm zuwider. Er behauptete immer, das sei etwas für junge Mädchen. Man hat eine Flasche Weißwein für ihn bringen lassen.«

»Hat er sich zu Ihnen gesetzt?«

»Natürlich.«

»Saßen noch andere Personen an Ihrem Tisch? Charlot zum Beispiel?«

»Natürlich.«

»Wissen Sie, welchem Beruf er nachgeht – wenn diese Bezeichnung hier zutreffend ist?«

»Er macht keinen Hehl daraus, dass er zum Milieu gehört. Er ist auch so eine Gestalt.«

»Und als solche ist er auch hin und wieder an Bord eingeladen worden?«

»Ich glaube, Kommissar, es gibt niemanden auf der Insel, der nicht schon einmal dort war.«

»Selbst Monsieur Emile?«

»Nein, der nicht.«

»Warum nicht?«

»Das weiß ich nicht. Ich glaube, wir haben nie ein Wort mit ihm gewechselt. Er ist im Grunde ein Einzelgänger.«

»Und er trinkt nicht.«

»Das stimmt.«

»Und an Bord trinkt man viel, nicht wahr?«

»Das kommt vor. Aber das ist doch wohl erlaubt.«

»Saß Marcellin an Ihrem Tisch, als er anfing, über mich zu sprechen?«

»Kann sein. Ich erinnere mich nicht genau daran. Er erzählte wie immer Geschichten. Mrs Wilcox hörte ihm gerne zu. Er sprach von seinen Jahren im Straflager.«

»Er ist nie im Straflager gewesen.«

»Dann hat er in diesem Fall geschwindelt.«

»Um Mrs Wilcox eine Freude zu machen, hat er also vom Straflager erzählt. Und ich kam in dem Bericht auch vor? War er betrunken?«

»Er war nie ganz nüchtern, vor allem abends nicht. Aber da fällt mir etwas ein. Er hat erzählt, er sei wegen einer Frau verurteilt worden.«

»Hieß sie Ginette?«

»Das kann sein. Ich glaube, mich an den Namen zu erinnern. Und in diesem Zusammenhang hat er wohl davon gesprochen, Sie hätten sich ihrer angenommen. Jemand hat gemurmelt: Maigret ist ein Bulle wie jeder andere auch. Verzeihen Sie, wenn ich das wiederhole.«

»Das macht nichts. Fahren Sie nur fort.«

»Das ist alles. Daraufhin hat er dann begonnen, ein Loblied auf Sie zu singen, und gesagt, Sie seien sein Freund und ihm sei ein Freund heilig. Wenn ich mich recht erinnere, hat Charlot ihn deswegen aufgezogen, und er hat sich sehr darüber aufgeregt.«

»Können Sie mir genau sagen, wie das dann endete?«

»Das ist schwer. Es war schon spät.«

»Wer ist als Erster gegangen?«

»Das weiß ich nicht mehr. Paul hatte schon längst die Läden geschlossen. Er saß an unserem Tisch.

Wir haben noch eine letzte Flasche getrunken und sind dann, glaube ich, zusammen aufgebrochen.«

»Wer?«

»Der Major hat sich auf dem Dorfplatz von uns getrennt und ist zu seiner Villa gegangen. Charlot wohnt in der Arche und ist dortgeblieben. Mrs Wilcox und ich sind zur Mole gegangen, wo wir unser Boot festgemacht hatten.«

»Hatten Sie einen Matrosen bei sich?«

»Nein. Gewöhnlich bleiben sie an Bord. Es wehte ein starker Mistral, und das Meer war stürmisch. Marcellin wollte uns hinüberbringen.«

»Er war also bei Ihnen, als Sie in das Boot stiegen?«

»Ja, aber er ist an Land geblieben und dann wohl in seine Hütte gegangen.«

»Jedenfalls waren Mrs Wilcox und Sie die Letzten, die ihn lebend gesehen haben.«

»Abgesehen vom Mörder.«

»War die Fahrt zur Jacht für Sie nicht schwierig?«

»Woher wissen Sie das?«

»Sie haben eben gesagt, das Meer sei sehr stürmisch gewesen.«

»Im Ruderboot stand das Wasser zwanzig Zentimeter hoch, und wir sind völlig durchnässt angekommen.«

»Sind Sie gleich schlafen gegangen?«

»Ich habe noch ein paar Grogs gemacht, damit

wir uns etwas aufwärmen konnten, und dann haben wir noch eine Partie Gin Rummy gespielt.«

»Was bitte?«

»Das ist ein Kartenspiel.«

»Wie spät war es?«

»Ungefähr zwei Uhr morgens. Wir gehen nie früh ins Bett.«

»Haben Sie nichts Ungewöhnliches gesehen oder gehört?«

»Bei dem Mistral konnte man nichts hören.«

»Gehen Sie heute Abend wieder in die Arche?«

»Wahrscheinlich.«

»Ich danke Ihnen.«

Maigret und Mr Pyke blieben einen Augenblick allein, und der Kommissar blickte seinen Kollegen mit müden Augen an. Ihm erschien das alles sinnlos. Er hätte es ganz anders angehen müssen. Zum Beispiel hätte er lieber auf dem Dorfplatz in der Sonne gesessen, seine Pfeife geraucht und den Boulespielern zugesehen, die gerade eine große Partie begonnen hatten. Oder wäre im Hafen herumspaziert und hätte den Fischern dabei zugesehen, wie sie ihre Netze flickten. Auch all die Gallis und Morins, von denen Lechat flüchtig erzählt hatte, hätte er gern kennengelernt.

»Monsieur Pyke, bei Ihnen verlaufen die Ermittlungen in einer festgelegten Abfolge, nicht wahr?«

»Das kommt darauf an. Zum Beispiel mietete sich einer meiner Kollegen im Zusammenhang mit einem Verbrechen, das vor zwei Jahren in der Nähe von Brighton begangen worden war, dort in einem Gasthof ein und blieb volle elf Wochen. Seine Tage verbrachte er damit zu angeln, und an den Abenden trank er Ale mit den Einheimischen.«

Das war genau das, was auch Maigret gern getan hätte, worauf er aber wegen Mr Pyke verzichtet hatte! Als Lechat eintrat, war Maigret schlecht gelaunt.

»Der Major will nicht kommen«, meldete der Inspektor. »Er sitzt untätig in seinem Garten. Ich habe ihm gesagt, dass Sie ihn gern sprechen würden. Aber er hat mir geantwortet, wenn Sie ihn sprechen wollten, bräuchten Sie nur auf ein Fläschchen bei ihm vorbeizukommen.«

»Das ist sein gutes Recht.«

»Wen wollen Sie jetzt verhören?«

»Niemanden. Ich hätte gern, dass Sie einmal in Hyères anrufen. In der Arche wird es ja wohl ein Telefon geben. Verlangen Sie Ginette im Hôtel des Palmes. Richten Sie ihr aus, ich würde mich freuen, wenn sie herkäme, um ein bisschen mit mir zu plaudern.«

»Wo kann ich Sie später finden?«

»Das weiß ich noch nicht. Wahrscheinlich am Hafen.«

Sie gingen langsam über den Platz, Mr Pyke und er, und die Leute blickten ihnen nach. Man hätte meinen können, aus ihren Augen spräche Misstrauen, aber sie wussten einfach nicht, wie sie es anstellen sollten, mit dem berühmten Maigret ins Gespräch zu kommen. Dieser wiederum fühlte sich vollkommen fremd unter ihnen. Aber er spürte, dass es nur eines winzigen Anstoßes bedurfte, um sie zum Reden zu bringen, vielleicht sogar zum Plaudern.

»Haben Sie nicht auch den Eindruck, Monsieur Pyke, sehr weit weg zu sein? Schauen Sie, da drüben liegt Frankreich, kaum zwanzig Minuten sind es mit dem Schiff bis dorthin, und doch komme ich mir hier so verloren vor, als befände ich mich im tiefsten Afrika oder Südamerika.«

Kinder unterbrachen ihr Spiel und starrten sie an. Sie gingen am Grand Hôtel vorüber zum Hafen, und Inspektor Lechat kam ihnen bereits entgegen.

»Ich habe nicht mit ihr sprechen können«, meldete er. »Sie ist schon wieder abgereist.«

»Ist sie nach Nizza zurückgefahren?«

»Das wohl kaum. Sie hat dem Hotelbesitzer gesagt, sie würde morgen rechtzeitig zum Begräbnis zurück sein.«

An der Mole schaukelten kleine Boote in allen Farben. Man sah die große Jacht, die fast den ganzen Hafen für sich beanspruchte, und dahinter, unweit einer Felszunge, die North Star. Aber all jene, die hier versammelt waren, blickten auf ein Schiff, das gerade einlief.

»Das ist die Cormoran«, erklärte Lechat. »Es muss also fünf Uhr sein.«

Ein junger Bursche, auf dessen Mütze in Goldbuchstaben »Grand Hôtel« stand, wartete mit einem Gepäckkarren auf mögliche Gäste. Das kleine weiße Schiff kam langsam näher, während ihm das Wasser einen silbern glänzenden Schnurrbart an den Bug zeichnete, wo Maigret bereits eine Frauengestalt ausmachte.

»Das ist wahrscheinlich Ginette. Sie will Sie treffen«, sagte der Inspektor. »In Hyères wird jetzt auch der Letzte wissen, dass Sie hier sind.«

Es war ein seltsames Schauspiel, wie die Menschen auf dem Schiff allmählich immer größer wurden und sich wie auf einer lichtempfindlichen Fotoplatte immer deutlicher abzeichneten. Besonders verwirrend war es, dort eine sehr füllige, sehr stattliche, ganz in Seide gekleidete, stark geschminkte und wahrscheinlich nicht weniger parfümierte Frau mit den Zügen Ginettes zu erblicken.

Aber war nicht Maigret, als er sie in der Brasserie des Ternes kennengelernt hatte, auch bedeutend schlanker gewesen? Und musste sie nicht dieselbe Enttäuschung wie er empfinden, als sie ihn nun vom Deck der Cormoran aus sah?

Man musste ihr beim Verlassen des Bootes behilflich sein. Außer ihr und Baptiste, dem Kapitän, waren nur noch ein stummer Matrose und der Briefträger an Bord. Der Junge mit der goldbetressten Mütze wollte ihr Gepäck ergreifen.

»Zur Arche Noah!«, sagte sie.

Sie kam auf Maigret zu, zögerte dann aber, vielleicht wegen Mr Pyke, den sie nicht kannte.

»Man hat mir gesagt, dass Sie hier sind. Ich habe mir gedacht, Sie würden mich vielleicht gern sprechen wollen. Armer Marcel …«

Sie sagte nicht Marcellin wie die anderen. Sie spielte nicht die große Leidtragende. Sie war ein reifer, sanfter, stiller Mensch geworden, mit einem leisen, traurigen Lächeln.

»Wohnen Sie auch in der Arche?«

Nun ergriff Lechat ihren Koffer. Sie schien die Insel zu kennen und ging gemächlich, ohne Hast, wie jemand, der leicht außer Atem kommt oder der nicht für die frische Luft geschaffen ist.

»Man behauptet, er sei ermordet worden, weil er von Ihnen gesprochen hat. Glauben Sie das?«

Hin und wieder blickte sie zugleich neugierig und nervös auf Mr Pyke.

»Sie können offen sprechen. Er ist ein englischer Kollege und Freund, der für einige Tage bei mir zu Besuch ist.«

Ganz die Dame von Welt, verneigte sie sich leicht

vor dem Mann von Scotland Yard und sagte, wobei sie verstohlen Maigrets beträchtlichen Leibesumfang musterte:

»Ich habe mich verändert, nicht wahr?«

4

Ginettes Verlobung

Es war ein seltsamer Anblick, wie sie in einer Anwandlung von Scham ihren Rock fest an sich presste, weil die Treppe steil war und Maigret hinter ihr ging.

Sie hatte die Arche betreten, als käme sie nach Hause, und wie selbstverständlich gefragt:

»Hast du noch ein Zimmer für mich, Paul?«

»Du wirst dich mit dem kleinen neben dem Badezimmer begnügen müssen.«

Dann hatte sie sich Maigret zugewandt:

»Wollen Sie nicht einen Augenblick mit hinaufkommen, Kommissar?«

In dem Haus, das sie in Nizza leitete, hätten diese Worte zweideutig geklungen. Hier aber taten sie es nicht. Dennoch verstand sie Maigrets Zögern falsch, denn er war nur darauf bedacht, nichts vor Mr Pyke zu verbergen. Für einen Augenblick setzte sie ein beinahe professionelles Lächeln auf.

»Sie wissen doch, ich bin nicht gefährlich.«

Zu Maigrets Erstaunen sprach der Inspektor von Scotland Yard plötzlich Englisch, vielleicht nur aus

Höflichkeit. Er sagte ein einziges Wort zu seinem französischen Kollegen:

»Please ...«

Auf der Treppe ging Jojo mit dem Koffer voran. Ihr Kleid war sehr kurz, und man konnte das rosa Höschen sehen, in dem ihr kleiner Hintern steckte. Sicherlich hatte das Ginette dazu bewogen, ihren Rock an sich zu pressen.

Außer dem Bett war nur ein Rohrstuhl als Sitzgelegenheit vorhanden. Es war das kleinste Zimmer im Haus, und durch die kleine Dachluke fiel kaum Licht. Ginette setzte ihren Hut ab, ließ sich mit einem Seufzer der Erleichterung auf die Bettkante fallen und zog sogleich ihre Schuhe mit den sehr hohen Absätzen aus. Sie massierte ihre schmerzenden Füße, die in seidenen Strümpfen steckten.

»Halten Sie es für ungehörig, dass ich Sie gebeten habe, mit heraufzukommen? Aber unten kann ich nicht mit Ihnen sprechen, und das Gehen fällt mir schwer. Sehen Sie meine Knöchel an: Sie sind ganz geschwollen. Sie können ruhig Ihre Pfeife rauchen, Kommissar.«

Sie fühlte sich nicht recht wohl. Man spürte, dass sie nur sprach, um Zeit zu gewinnen.

»Sind Sie mir sehr böse?«

Obwohl er ihre Frage richtig verstanden hatte, versuchte auch er, Zeit zu gewinnen, indem er antwortete:

»Weshalb?«

»Ich weiß sehr wohl, dass Sie enttäuscht gewesen sind. Dennoch ist das nicht so sehr meine Schuld. Im Sanatorium habe ich die glücklichsten Jahre meines Lebens verbracht, dank Ihrer Hilfe. Ich brauchte mich um nichts zu sorgen. Der Arzt dort, der Ihnen übrigens ein wenig ähnelte, war sehr liebenswürdig zu mir. Er brachte mir Bücher, und ich las den ganzen Tag. Bevor ich dorthin kam, war ich ein völlig ungebildetes Wesen. Aber er erklärte mir alles, was ich nicht verstand. Haben Sie nicht eine Zigarette für mich? Nun, das macht nichts. Es ist sowieso besser, wenn ich nicht rauche …

Ich bin fünf Jahre im Sanatorium geblieben und hätte mir schließlich vorstellen können, für immer dortzubleiben. Der Gedanke gefiel mir. Im Gegensatz zu den anderen hatte ich kein Verlangen, das Sanatorium zu verlassen. Als man mir sagte, ich sei geheilt und könne wieder nach Hause, war ich eher erschrocken als glücklich. Das kann ich Ihnen versichern. Man konnte von dort über das ganze, immer in leichten Nebel gehüllte Tal blicken. Manchmal war es auch von dichten Wolken verhangen, und ich hatte Angst, wieder in die Welt zurückzukehren. Ich wäre gern als Schwester dortgeblieben, aber mir fehlten die nötigen Kenntnisse, und für die Hausarbeit oder als Küchenmädchen war ich nicht kräftig genug.

Was sollte ich da unten tun? Ich hatte mich daran gewöhnt, dreimal am Tag zu essen, und ich wusste, bei Justine würde ich das bekommen.«

»Warum sind Sie heute gekommen?«, fragte Maigret kühl.

»Habe ich Ihnen das nicht vorhin gesagt? Ich bin zuerst nach Hyères gefahren. Ich wollte nicht, dass der arme Marcel ohne jedes Geleit beerdigt wird.«

»Liebten Sie ihn immer noch?«

Sie wurde ein wenig verlegen.

»Ich glaube, ich habe ihn wirklich geliebt. Ich habe Ihnen ja schon damals, als Sie sich nach seiner Verhaftung um mich kümmerten, viel darüber erzählt. Er war kein schlechter Mensch. Im Grunde war er naiv, ja, ich möchte sogar sagen, schüchtern. Und gerade weil er schüchtern war, wollte er es den anderen zeigen. Nur übertrieb er es eben. Im Sanatorium ist mir das alles klar geworden.«

»Und Sie haben ihn dann nicht mehr geliebt?«

»Ich habe ihn nicht mehr auf die gleiche Weise geliebt. Ich lernte andere Menschen kennen. Ich konnte Vergleiche anstellen. Der Doktor half mir, vieles zu verstehen.«

»Waren Sie in ihn verliebt?«

Sie lächelte ein wenig nervös.

»Ich glaube, in einem Sanatorium ist man immer mehr oder weniger in seinen Arzt verliebt.«

»Hat Marcel Ihnen geschrieben?«

»Von Zeit zu Zeit.«

»Hoffte er, wieder mit Ihnen zusammenzuleben?«

»Anfangs schon, glaube ich. Dann, als er durch einen Zufall an die Küste kam, hat er sich auch verändert. Aber in eine andere Richtung. Ich weiß nicht, ob Sie ihn wiedergesehen haben. Er ist sehr schnell gealtert, von jetzt auf gleich. Früher war er eitel und sehr auf ein gepflegtes Äußeres bedacht. Er war stolz auf sich.«

»Hat er Sie an Justine und Monsieur Emile vermittelt?«

»Nein. Ich kannte Justine dem Namen nach und habe mich ihr selbst vorgestellt. Sie hat mich probeweise als ihre Stellvertreterin engagiert, denn zu anderem taugte ich nicht mehr. Ich bin viermal operiert worden und habe am ganzen Körper Narben.«

»Ich habe Sie gefragt, warum Sie heute hergekommen sind.«

Beharrlich wiederholte er seine Frage.

»Als ich erfuhr, dass Sie den Fall übernehmen, habe ich mir gedacht, Sie würden sich gewiss an mich erinnern und mich suchen lassen. Und das hätte ja nur Zeit gekostet.«

»Wenn ich richtig informiert bin, hatten Sie seit Ihrer Entlassung aus dem Sanatorium keine Beziehung mehr mit Marcel, aber Sie schickten ihm Geld.«

»Manchmal. Er sollte es ein bisschen gut haben.

Er ließ sich zwar nichts anmerken, aber er hatte eine schwere Zeit.«

»Hat er Ihnen das gesagt?«

»Er hat mir gesagt, sein Leben sei verpfuscht, es sei immer verpfuscht gewesen, es hätte nicht einmal zum Verbrecher gereicht.«

»Hat er Ihnen das in Nizza gesagt?«

»Er hat mich nie im Les Sirènes besucht. Er wusste, dass das verboten ist.«

»Hat er Sie hier getroffen?«

»Ja.«

»Kommen Sie oft nach Porquerolles?«

»Fast jeden Monat. Justine ist jetzt zu alt, um in ihren Häusern nach dem Rechten zu sehen, und Monsieur Emile hat das Reisen nie gemocht.«

»Übernachten Sie dann immer hier in der Arche?«

»Immer.«

»Warum gibt Ihnen Justine nicht ein Zimmer in ihrem Haus? Es ist doch ziemlich geräumig.«

»Sie lässt nie eine Frau unter ihrem Dach schlafen.«

Er spürte, dass er einen sensiblen Punkt angesprochen hatte, aber Ginette kam noch immer nicht ganz aus sich heraus.

»Hat sie Angst wegen ihres Sohnes?«, scherzte er, während er sich eine neue Pfeife anzündete.

»Ja, das mag komisch klingen, aber so ist es. Er hat immer an ihrem Rockzipfel gehangen, und deshalb ist er auch etwas mädchenhaft geraten. Trotz seines Alters behandelt sie ihn immer noch wie ein Kind. Er kann nichts ohne ihre Erlaubnis tun.«

»Macht er sich etwas aus Frauen?«

»Er hat eher Angst vor ihnen. Ich meine, im Allgemeinen. Er ist nie darauf aus gewesen, wissen Sie. Und er war auch nie ganz gesund. Er kuriert den lieben langen Tag an sich herum, nimmt alle möglichen Medikamente ein und liest medizinische Fachbücher.«

»Haben Sie mir noch etwas zu sagen, Ginette?«

»Wie meinen Sie das?«

»Warum sind Sie heute hergekommen?«

»Aber die Frage habe ich Ihnen doch schon beantwortet.«

»Nein.«

»Ich nahm an, Sie würden sich vor allem für Monsieur Emile und seine Mutter interessieren.«

»Das müssen Sie mir genauer erklären.«

»Sie sind kein typischer Polizist, und dennoch: Wenn etwas Scheußliches geschehen ist, werden immer zuerst die Leute aus dem Milieu verdächtigt.«

»Und Sie wollten mir also sagen, dass Monsieur Emile an Marcels Tod unschuldig ist?«

»Ich wollte Ihnen erklären …«

»Mir was erklären?«

»Wir sind gute Freunde geblieben, Marcel und

90

ich, aber von einem Zusammenleben war nicht mehr die Rede. Er dachte nicht einmal mehr daran. Ich glaube, er hatte gar kein Verlangen mehr danach. Verstehen Sie? Er liebte die Existenz, die er sich geschaffen hatte. Er hatte gar keine Verbindung mehr zum Milieu. Übrigens habe ich Charlot vorhin gesehen ...«

»Kennen Sie ihn?«

»Ich bin ihm hier mehrmals begegnet. Wir haben manchmal am selben Tisch gegessen. Er hat mir Nachwuchs besorgt.«

»Haben Sie damit gerechnet, dass Sie ihn heute sehen würden?«

»Nein. Ich versichere Ihnen, ich sage die Wahrheit. Die Art, wie Sie mich fragen, macht mich verlegen. Früher haben Sie mir vertraut. Sie hatten sogar ein wenig Mitleid. Freilich, es stimmt schon, ich habe nichts Mitleiderregendes mehr an mir. Ich bin nicht einmal mehr schwindsüchtig!«

»Verdienen Sie viel Geld?«

»Nicht so viel, wie man vermuten könnte. Justine ist sehr knauserig, und ihr Sohn ebenso. Es fehlt mir zwar an nichts, ich kann sogar etwas beiseitelegen, aber für ein Rentnerleben würde es doch nicht reichen.«

»Sie sprachen eben von Marcel.«

»Ich weiß nicht mehr, was ich gesagt habe. Ach ja. Wie soll ich es Ihnen erklären? Als Sie ihn kennenlernten, versuchte er den Gangster zu mimen. In Paris verkehrte er in Lokalen, in denen sich Leute wie Charlot und sogar Mörder herumtrieben. Er wollte dazugehören, aber die nahmen ihn nicht ernst …«

»Er war also gewissermaßen nicht mehr als ein Aufschneider.«

»Nun ja, aber das alles war längst vorbei. Er hatte nichts mehr mit diesen Leuten zu tun, lebte auf seinem Boot oder in seiner Hütte. Er trank viel. Es gelang ihm immer wieder, sich etwas zu beschaffen. Meine Geldsendungen haben ihm dabei geholfen. Ich weiß, was man denkt, wenn ein Mensch wie er ermordet worden ist …«

»Was meinen Sie damit?«

»Sie wissen es selbst. Die Leute glauben, es habe etwas mit dem Milieu zu tun, es sei eine Abrechnung unter Verbrechern oder ein Racheakt. Aber das trifft in diesem Fall nicht zu.«

»Ist es das, was Sie mir vor allem sagen wollten?«

»Seit einigen Minuten habe ich den Faden verloren. Sie haben sich so verändert! Verzeihen Sie, ich spreche nicht von Ihrem Äußeren …«

Er musste, ohne es zu wollen, über ihre Verlegenheit lächeln.

»Damals in Ihrem Büro am Quai des Orfèvres konnte man ganz vergessen, dass Sie Polizist sind.«

»Sie haben große Angst, dass ich jemanden aus

dem Milieu verdächtigen könnte? Sind Sie vielleicht zufällig in Charlot verliebt?«

»Nein, ganz bestimmt nicht. Nach all den Operationen, die hinter mir liegen, habe ich aufgehört, mich zu verlieben. Ich bin keine richtige Frau mehr, um genau zu sein. Und Charlot interessiert mich genauso wenig wie jeder andere.«

»Und nun sagen Sie mir, was Sie noch wissen.«

»Was soll ich noch wissen? Ich gebe Ihnen mein Ehrenwort, dass ich keine Ahnung habe, wer den armen Marcel umgebracht hat.«

»Aber Sie wissen, wer ihn nicht umgebracht hat.«

»Ja.«

»Sie wissen, dass ich jemanden verdächtigen könnte.«

»Nun, Sie werden es ja doch in Kürze erfahren, wenn Sie es nicht ohnehin bereits wissen. Ich hätte es Ihnen gleich gesagt, wenn Sie mich nicht so streng behandelt hätten. Ich werde Monsieur Emile heiraten.«

»Wann?«

»Wenn Justine tot ist.«

»Warum müssen Sie so lange warten?«

»Ich habe es Ihnen ja schon gesagt: Sie ist eifersüchtig auf alle Frauen. Deswegen hat er nicht geheiratet und auch keine Geliebte gehabt. Wenn er alle Jubeljahre einmal eine Frau brauchte, hat Justine ihm ein harmloses Mädchen ausgesucht und ihm obendrein noch gute Ratschläge gegeben. Inzwischen ist ihm das Verlangen ganz vergangen.«

»Und dennoch beabsichtigt er zu heiraten?«

»Weil er eine wahnsinnige Angst hat, allein zu bleiben. Solange seine Mutter lebt, fühlt er sich geborgen. Sie verhätschelt ihn wie ein Baby. Aber lange macht sie es nicht mehr. Ein Jahr noch, höchstens.«

»Hat das der Arzt gesagt?«

»Sie hat Krebs und ist zu alt für eine Operation. Er selbst denkt auch immer, dass er bald sterben wird. Mehrmals am Tag hat er Erstickungsanfälle, wagt sich nicht zu rühren, als ob ihm die kleinste Bewegung zum Verhängnis werden könnte …«

»Und so hat er Ihnen einen Heiratsantrag gemacht?«

»Ja. Er ist überzeugt, dass ich mich eignen würde, ihn zu pflegen. Er hat mich sogar von mehreren Ärzten untersuchen lassen. Justine weiß natürlich nichts davon, sonst hätte sie mich schon längst vor die Tür gesetzt.«

»Und Marcel?«

»Ich habe es ihm gesagt.«

»Wie hat er es aufgenommen?«

»Es hat ihn nicht weiter interessiert. Er fand es richtig, dass ich mich absichere. Ich glaube, die Vorstellung, dass ich hier leben würde, hat ihm sogar gefallen.«

»War Monsieur Emile nicht eifersüchtig auf Marcel?«

»Warum hätte er eifersüchtig sein sollen? Ich habe Ihnen doch schon gesagt, dass nichts mehr zwischen uns war.«

»Darum also wollten Sie mich so dringend sprechen?«

»Ich habe an all die Vermutungen gedacht, die Sie anstellen würden und die nicht der Wahrheit entsprechen.«

»Dass zum Beispiel Marcel Monsieur Emile hätte erpressen können und dass dieser dann, um ihn loszuwerden ...«

»Marcel hat niemanden erpresst, und Monsieur Emile würde eher verhungern, als auch nur einem Huhn den Hals umzudrehen.«

»Sie waren also in den letzten Tagen nicht auf der Insel?«

»Das können Sie leicht überprüfen.«

»Weil Sie das Haus in Nizza nicht verlassen haben, nicht wahr? Das ist allerdings ein ausgezeichnetes Alibi.«

»Brauche ich das?«

»Wie Sie bereits richtig festgestellt haben, spreche ich als Polizist zu Ihnen. Marcel hätte Ihnen trotz allem lästig werden können. Zumal Monsieur Emile ein dicker Brocken ist, ein sehr dicker Brocken. Wenn er Sie heiraten sollte, würde er Ihnen nach seinem Tod ein beträchtliches Vermögen hinterlassen.«

»Ein sehr beträchtliches, ja! Ich beginne mich zu fragen, ob es richtig war herzukommen. Ich habe nicht damit gerechnet, dass Sie so mit mir sprechen würden. Ich habe Ihnen alles gesagt.«

Ihre Augen glänzten, als ob sie gleich anfinge zu weinen, und sie blickten Maigret aus einem in die Jahre gekommenen, schlecht geschminkten Gesicht an, mit dem Ausdruck eines schmollenden Kindes.

»Machen Sie doch, was Sie wollen. Ich weiß nicht, wer Marcel ermordet hat. Es ist eine Katastrophe.«

»Besonders für ihn.«

»Für ihn auch, ja. Aber er hat seinen Frieden. Werden Sie mich verhaften?«, fragte sie mit dem Anflug eines Lächelns, aber man spürte ihre Angst, eine viel größere Angst, als sie zeigen wollte.

»Im Augenblick habe ich nicht die Absicht.«

»Kann ich morgen früh zu der Beerdigung fahren? Wenn Sie es wünschen, komme ich gleich danach wieder her. Sie brauchen mir nur ein Boot an die Felsspitze von Giens schicken zu lassen.«

»Vielleicht werde ich das tun.«

»Und Sie werden Justine nichts sagen?«

»Nicht, wenn es nicht unbedingt notwendig ist, und ich glaube nicht, dass es das sein wird.«

»Sind Sie mir böse?«

»Nein.«

»Doch. Ich habe es gleich gespürt, noch bevor ich die Cormoran verließ, in dem Moment, da ich Sie gesehen habe. Ich habe Sie sofort wiedererkannt. Ich war sehr bewegt, weil ein Teil meines Lebens wieder lebendig wurde.«

»Ein Teil Ihres Lebens, nach dem Sie sich zurücksehnen?«

»Vielleicht. Ich weiß es nicht. Ich frage mich das manchmal.«

Sie erhob sich seufzend, ohne ihre Schuhe anzuziehen. Sie hätte gerne ihr Korsett aufgeschnürt, wollte aber warten, bis der Kommissar gegangen war.

»Machen Sie doch, was Sie wollen«, seufzte sie, als er die Hand nach der Türklinke ausstreckte. Und es gab ihm einen leisen Stich ins Herz, dass er sie jetzt so allein zurückließ, so alt und verängstigt. Durch die Luke fielen die rötlichen Strahlen der untergehenden Sonne in das kleine Zimmer und tauchten Tapeten und Bettdecke in ein Rosa, das so künstlich wirkte wie ihr Rouge.

»Ein Glas Weißwein, Monsieur Maigret?«

Lärm und Bewegung setzten plötzlich ein. Die Boulespieler hatten ihre Partie auf dem Dorfplatz beendet, versammelten sich nun an der Theke und redeten laut und mit starkem Akzent durcheinander. In einer Ecke des Speisesaals, dicht am Fenster, saßen sich Mr Pyke und Jef de Greef an einem Tisch gegenüber. Die beiden Männer waren in ihr Schachspiel versunken.

Daneben auf der Bank saß Anna und zog an einer langen Zigarettenspitze. Sie hatte sich in der Zwischenzeit angezogen, trug jetzt ein Baumwollkleidchen, das aber ebenso wie der Pareo ihren nackten Körper erahnen ließ. Sie hatte sehr ausgeprägte weibliche Formen, wie geschaffen für Zärtlichkeiten, sodass man kaum umhinkam, sie sich im Bett vorzustellen.

De Greef trug eine graue Flanellhose und einen blau-weiß gestreiften Pullover. Seine Füße steckten in den für die Insel typischen Leinenschuhen mit Flachssohlen, die sich auch der sonst so akkurate Mr Pyke sogleich gekauft hatte.

Maigret schaute sich nach dem Inspektor um, konnte ihn aber nirgendwo entdecken. Er kam nicht umhin, er musste das Glas Weißwein annehmen, das Paul ihm hinschob, und die Leute an der Theke rückten zusammen, um ihm Platz zu machen.

»Und, Kommissar?«

Man sprach ihn an, und er wusste, in wenigen Minuten würde das Eis gebrochen sein. Wahrscheinlich hatten die Inselbewohner schon seit dem Morgen darauf gewartet, endlich seine Bekanntschaft zu machen. Es waren viele, ein Dutzend mindestens, die meisten in Fischerkleidung. Zwei oder drei sahen etwas bürgerlicher aus, wahrscheinlich Rentner.

Mochte Mr Pyke denken, was er wollte, Maigret musste trinken.

»Mögen Sie unseren Inselwein?«

»Sehr.«

»Trotzdem behaupten die Zeitungen, Sie würden nur Bier trinken. Marcellin meinte allerdings, das sei nicht wahr, Sie würden auch einen Calvados nicht ausschlagen. Armer Marcellin! Auf Ihr Wohl, Kommissar ...«

Paul, der Wirt, der wusste, wie sich die Dinge entwickeln würden, behielt die Flasche gleich in der Hand.

»Stimmt es eigentlich, dass er Ihr Freund war?«

»Ich kannte ihn von früher, ja. Er war kein schlechter Kerl.«

»Das stimmt. Ist es auch wahr, was die Zeitungen schreiben, dass er aus Le Havre stammte?«

»Ja.«

»Mit seinem Akzent.«

»Als ich ihn vor fünfzehn Jahren kennenlernte, hatte er keinen Akzent.«

»Siehst du, Titin, was habe ich immer gesagt?«

Die vierte Runde ... die fünfte Runde ... unbedachte Worte flogen durch den Raum, aus reinem Vergnügen, wie Bälle, die sich die Kinder zuwerfen.

»Was möchten Sie heute Abend essen, Kommissar? Es gibt natürlich Bouillabaisse. Aber vielleicht mögen Sie die nicht.«

Maigret versicherte, das sei seine Leibspeise, und alle waren entzückt. Es war nicht der richtige Augenblick, jeden einzelnen der Männer, die sich in einem Durcheinander um ihn herumdrängten, persönlich kennenzulernen.

»Mögen Sie auch Pastis, den echten, der verboten ist? Eine Runde Pastis, Paul. Aber ja, Paul, der Kommissar wird nichts dagegen haben …«

Charlot saß auf der Terrasse, ebenfalls vor einem Pastis, und las Zeitung.

»Haben Sie schon eine Idee?«

»Eine Idee wovon?«

»Na, wer der Mörder sein könnte. Morin-Barbu, der auf der Insel geboren ist und die ganzen siebenundsiebzig Jahre seines Lebens hier verbracht hat, hat so etwas noch nie erlebt. Es hat Leute gegeben, die ins Wasser gegangen sind. Eine Frau aus dem Norden hat vor fünf oder sechs Jahren versucht, sich mit Schlaftabletten umzubringen. Ein italienischer Matrose hat Baptiste im Streit ein Messer in den Arm gestoßen. Aber ein Mord, das hat es nie gegeben, Kommissar. Selbst die Bösen werden hier sanft wie die Lämmer.«

Alle lachten und versuchten, irgendetwas zu sagen, denn darauf kam es an: zu reden, was auch immer, und mit dem berühmten Kommissar anzustoßen.

»Wenn Sie ein paar Tage hier sind, werden Sie das besser verstehen. Sie sollten einmal mit Ihrer Frau Ihren Urlaub hier verbringen. Wir würden Ihnen dann Boule beibringen. Nicht wahr, Casimir? Casimir hat im letzten Jahr den Großen Preis gewonnen, und Sie können sich denken, was das bedeutet.«

Die Kirche am Ende des Platzes, die eben noch in einem leuchtendem Rosa dastand, strahlte jetzt in violettem Licht. Der Himmel ging allmählich über in ein blasses Grün, und die Männer brachen einer nach dem anderen auf. Hin und wieder hörte man aus der Ferne die schrille Stimme einer Frau:

»He, Jules! Die Suppe steht auf dem Tisch ...«

Oder aber ein kleiner Junge kam, um seinen Vater zu holen, und zog ihn beherzt an der Hand.

»Na, noch ein Spielchen?«

»Es ist zu spät.«

Sie erklärten Maigret, dass sie nach der Partie Boule immer Karten spielten, aber seinetwegen heute darauf verzichtet hätten. Der Matrose der Cormoran, ein stummer Koloss mit riesigen nackten Füßen, entblößte sein ganzes Gebiss, während er dem Kommissar aufmunternd zulächelte. Immer wieder erhob er sein Glas und ließ dabei ein seltsames Glucksen vernehmen, das so viel bedeutete wie: ›Auf Ihr Wohl!‹

»Wollen Sie gleich essen?«

»Haben Sie den Inspektor gesehen?«

»Er ist fortgegangen, während Sie oben waren. Er hat nichts gesagt. Das ist so seine Art. Er ist wirklich gründlich, wissen Sie, seit drei Uhr durchforstet er die ganze Insel und weiß inzwischen ebenso gut über die Familien Bescheid wie ich.«

Als er sich etwas vorbeugte, sah Maigret, dass die de Greefs bereits gegangen waren und der Engländer allein vor dem Schachbrett saß.

»Wir essen in einer halben Stunde«, sagte er zu dem Wirt.

Paul fragte ihn leise, wobei er auf den Inspektor von Scotland Yard deutete:

»Glauben Sie, dass ihm unsere Küche schmeckt?«

Ein paar Minuten später wanderten Maigret und sein Kollege wie selbstverständlich Richtung Hafen. Der Weg war ihnen zur Gewohnheit geworden. Die Sonne war untergegangen, und man atmete erleichtert auf, weil es nicht mehr so heiß war. Auch die Geräusche waren nicht mehr dieselben. Man hörte, wie das Wasser leicht gegen die Steine der Mole schlug, und diese Steine waren jetzt so grau wie die Felsen. Das Laub war dunkel, fast schwarz, geheimnisvoll, und ein Torpedoboot, dessen Nummer hell am Rumpf leuchtete, glitt leise in einer fast schwindelerregenden Schnelligkeit aufs hohe Meer hinaus.

»Ich habe ihn nur mit Mühe geschlagen«, hatte

Mr Pyke das Gespräch begonnen. »Er spielt sehr überlegt, sehr kontrolliert.«

»Hat er Sie zum Spiel aufgefordert?«

»Ich hatte mir das Schachspiel geholt, um zu üben (er fügte nicht hinzu: ›während Sie mit Ginette oben waren‹). Ich hatte gar nicht erst gehofft, einen Partner zu finden. Er hat sich mit seiner Begleiterin an den Nebentisch gesetzt, und an der Art, wie er die Figuren auf dem Brett musterte, merkte ich, dass er Lust hatte, sich mit mir zu messen.«

Die beiden Männer schwiegen und spazierten auf die Spitze der Mole zu. Dicht neben der weißen Jacht war ein kleines Boot festgemacht, an dessen Heck sein Name zu lesen war: Fleur d'amour.

Es war de Greefs Boot, und das Paar befand sich an Bord. Die Kajüte, die kaum groß genug für zwei Personen war und so niedrig, dass man nicht aufrecht stehen konnte, war erleuchtet. Man hörte das Klappern von Besteck und Geschirr.

Als die beiden Kriminalbeamten an der Jacht vorüber waren, ergriff Mr Pyke wieder das Wort. Er sprach langsam und präzise artikuliert, wie es seine Art war.

»Das ist genau der Typ eines jungen Mannes, der in den guten Familien als schwarzes Schaf gilt. Sie in Frankreich dürften allerdings nicht viele von dieser Sorte haben.«

Maigret war äußerst überrascht, denn es war das

erste Mal, seit er ihn kannte, dass sein Kollege solche verallgemeinernden Aussagen traf. Mr Pyke schien selbst ein wenig verlegen, ja fast beschämt zu sein.

»Wie kommen Sie darauf?«

»Ich meine, nicht exakt von dieser Art.«

Mr Pyke suchte nach den richtigen Worten. Sie hatten das Ende der Mole erreicht und konnten die Berge drüben an der Küste sehen.

»Bei Ihnen, so meine ich, begeht ein junger Mann aus gutem Hause Dummheiten, wie Sie es ausdrücken, weil er auf großem Fuß leben möchte, sich Frauen und Autos leisten und in Kasinos gehen will. Aber spielen sie auch Schach? Das bezweifle ich. Lesen sie Kant, Schopenhauer, Nietzsche und Kierkegaard? Auch davon ist nicht auszugehen, nicht wahr? Sie haben nur das Verlangen, ihr eigenes Leben zu leben und nicht erst darauf zu warten, ihr Erbe anzutreten.«

Sie lehnten sich an die Mauer, die entlang der Mole verlief. Dann und wann, wenn ein Fisch hervorsprang, kräuselte sich die sonst spiegelglatte Wasseroberfläche.

»De Greef scheint nicht zu dieser Kategorie der schwarzen Schafe zu gehören. Ich glaube nicht einmal, dass er aufs Geld aus ist. Er ist durch und durch Anarchist. Er lehnt sich gegen alles auf, was er kennt, gegen alles, was man ihn gelehrt hat, gegen seinen Vater, den Richter, und gegen seine bürgerliche Mutter, gegen seine Heimatstadt, gegen die Moralvorstellungen seines Landes.«

Er hielt inne und schien zu erröten.

»Verzeihen Sie …«

»Aber nein, fahren Sie fort.«

»Wir haben nur wenige Worte gewechselt, aber ich glaube, ich habe ihn verstanden, weil es viele junge Leute wie ihn in meinem Land gibt. Wie wahrscheinlich in allen Ländern, die von strengen Moralvorstellungen geprägt sind. Das habe ich gemeint, als ich sagte, dass man gewiss nicht viele dieser Art in Frankreich antreffen wird. In Frankreich herrscht keine Heuchelei, oder vielleicht zu wenig.«

Spielte er auf das Milieu an, in dem sie seit ihrer Ankunft herumstocherten, auf Typen wie Monsieur Emile, Charlot und Ginette, die inmitten der Gesellschaft lebten, ohne sichtbar von der Schande gezeichnet zu sein?

Maigret war ein wenig beklommen zumute. Pykes Worte erregten ihn. Obwohl man ihn nicht angegriffen hatte, spürte er den Drang, sich zu verteidigen.

»Aus Protest«, fuhr Mr Pyke fort, »verwerfen diese jungen Leute alles in Bausch und Bogen, das Gute und das Schlechte. Sehen Sie, er hat ein Mädchen entführt. Sie ist reizend, sehr begehrenswert.

Dennoch glaube ich nicht, dass er das aus sinnlicher Begierde getan hat. Nein, er hat es getan, weil sie aus gutem Hause stammt, weil sie jeden Sonntag mit ihrer Mama zur Messe ging, weil ihr Vater wahrscheinlich ein strenger und konservativer Mann ist. Gerade deswegen war es ein großes Wagnis, sie zu entführen. Aber vielleicht täusche ich mich auch.«

»Ich glaube nicht.«

»Es gibt Menschen, die eine saubere und gepflegte Umgebung dazu reizt, alles zu besudeln. De Greef hat das Verlangen, auf das Leben zu spucken, auf alles, was es auch sein mag. Selbst seine Gefährtin möchte er besudeln.«

Jetzt war Maigret verblüfft, ja sprachlos, denn Mr Pyke dachte genau dasselbe wie er. Als de Greef zugegeben hatte, mehrmals an Bord der North Star gewesen zu sein, war Maigret sofort der Gedanke gekommen, dass er das nicht nur tat, um zu trinken, sondern dass intimere und abgründigere Beziehungen zwischen den beiden Paaren bestanden.

»Das sind sehr gefährliche Burschen«, schloss Mr Pyke. Und er fügte noch hinzu: »Vielleicht auch sehr unglückliche.«

Weil ihm das Schweigen ein wenig zu feierlich erschien, fuhr er in einem leichteren Ton fort:

»Er spricht ausgezeichnet Englisch, wissen Sie. Ohne den leichtesten Akzent. Es würde mich nicht wundern, wenn er eins unserer großen Colleges besucht hätte.«

Es war an der Zeit umzukehren. Die halbe Stunde bis zum Abendessen war längst vergangen und die Insel beinahe in völliger Dunkelheit versunken. Die Boote im Hafen wogten sich im Rhythmus der leise rollenden Wellen. Maigret klopfte seine Pfeife am Schuhabsatz aus und zögerte, sich eine neue zu stopfen. Im Vorbeigehen musterte er das kleine Schiff des Holländers.

Hatte Mr Pyke das alles nur so dahingesagt? Oder hatte er ihm auf seine Art einen Tipp geben wollen?

Es war schwierig, wenn nicht unmöglich, das herauszufinden. Sein Französisch war vollkommen, allzu vollkommen, und dennoch sprachen die beiden Männer nicht dieselbe Sprache. Ihre Gedanken nahmen unterschiedliche Wege.

»Das sind sehr gefährliche Burschen«, hatte der Inspektor von Scotland Yard mit Nachdruck gesagt.

Wahrscheinlich wollte er um nichts in der Welt auch nur den Anschein erwecken, sich in Maigrets Ermittlungen einzumischen. Er hatte ihn mit keinem Wort gefragt, was in Ginettes Zimmer vorgegangen war. Glaubte er, dass sein Kollege etwas vor ihm verbarg, dass Maigret versuchte, ihn hinters Licht zu führen? Oder schlimmer noch: Stellte er sich nach dem, was er eben über die Sitten der Franzosen gesagt hatte, vor, dass Maigret und Ginette …? Der Kommissar murmelte:

»Sie hat mir erzählt, dass sie mit Monsieur Emile verlobt sei. Aber das müsse wegen der alten Justine geheim bleiben. Die würde sich nämlich noch bis über ihren Tod hinaus bemühen, die Ehe zu verhindern.«

Er spürte, dass seine eigenen Worte und noch mehr seine Gedanken im Vergleich zu Mr Pykes messerscharfen Bemerkungen recht vage blieben.

Kurz und bündig hatte der Engländer formuliert, was er zu sagen hatte. Eine knappe halbe Stunde mit de Greef hatte ihm gereicht, um sich sowohl von ihm als auch von der Welt im Allgemeinen ein klares Bild zu machen.

Maigret wäre es schwergefallen, auch nur einen Gedanken präzise zu formulieren. Bei ihm war das ganz anders. Er witterte eher etwas. Er witterte vieles, wie immer zu Beginn einer Ermittlung, aber er hätte nicht sagen können, wie und wann sich dieser Ideennebel lichten würde.

Das war wenig überzeugend und etwas demütigend. Er kam sich neben seinem gewandten Kollegen plump und schwerfällig vor.

»Das ist ein seltsames Mädchen«, murmelte er dennoch.

Das war alles. Mehr vermochte er nicht über jene

Frau zu sagen, die er seit langer Zeit kannte, in deren Leben er Einblick und die sich ihm offenbart hatte.

Ein seltsames Mädchen! Manches an ihr zog ihn an, und in anderem enttäuschte sie ihn, wie sie es selbst deutlich gespürt hatte.

Vielleicht würde er später zu einem endgültigen Urteil gelangen.

Mr Pyke hingegen hatte nach einer einzigen Schachpartie und ein paar während des Spiels gewechselten Worten den Charakter seines Gegenübers ein für alle Mal analysiert.

Es schien, als hätte der Engländer die erste Runde gewonnen.

5

Die Nacht in der Arche

Zu Beginn, als Maigret noch glaubte, im nächsten Augenblick einzuschlafen, hatte er über den Geruch nachgedacht. Die vielen Gerüche, um genau zu sein. Den stärksten Geruch, den des Hauses, der einem in die Nase stieg, sobald man die Schwelle des Lokals überschritt, hatte er schon am Morgen zu bestimmen versucht, denn er war ihm sehr fremd. Jedes Mal, wenn er eintrat, schlug ihm dieser Geruch entgegen, und jedes Mal nahm seine Nase die Witterung auf. Es roch vor allem nach Wein, mit einem leichten Zusatz von Anis natürlich – und nach Essen. Und da es sich um die südländische Küche handelte, in der für gewöhnlich Knoblauch, roter Pfeffer, Öl und Safran verwendet werden, waren ihm diese Düfte nicht vertraut.

Aber wozu darüber nachdenken? Er schloss die Augen und versuchte einzuschlafen. Es hatte keinen Sinn, sich alle Marseiller oder provenzalischen Restaurants, in denen er jemals – in Paris oder anderswo – gegessen hatte, in Erinnerung zu rufen. Nun ja, es roch einfach anders, was soll's. Maigret müsste jetzt nur noch einschlafen. Er hatte genug getrunken, um in einen bleiernen Schlaf zu sinken.

War er denn nicht, gleich nachdem er ins Bett gegangen war, eingeschlafen? Das Fenster stand offen, und er hatte ein Geräusch gehört. Doch es war nur das Rascheln der Blätter in den Bäumen auf dem Dorfplatz.

Der Geruch, der zu ihm heraufzog, ließ sich in etwa mit dem einer kleinen Bar in Cannes vergleichen, die einer dicken Frau gehörte. Er hatte früher einmal dort ermittelt und viele Stunden in dem Lokal herumgesessen.

Der Geruch des Zimmers indessen war ihm völlig fremd. Womit mochte die Matratze gestopft sein? Mit Seegras, wie in der Bretagne, das den Jodgeruch des Meeres hat? Viele andere hatten schon vor ihm in diesem Bett geschlafen, und er glaubte immer wieder, dass ihn der Duft jenes Öls in der Nase kitzelte, mit dem die Damen sich eincremen, bevor sie ein Sonnenbad nehmen. Er drehte sich mühsam auf die andere Seite. Mindestens zum zehnten Mal hörte er, wie sich eine Tür öffnete und jemand auf den Flur trat, um zur Toilette zu gehen. Daran war nichts Ungewöhnliches, aber er hatte das Gefühl, dass mehr Leute aus und ein gingen, als im Haus beherbergt waren. In Gedanken begann er, die Bewohner der Arche aufzuzählen. Paul und seine Frau schliefen über ihm in einer Mansarde, zu der man über eine Art Leiter gelangte. Wo Jojo schlief, wusste er nicht. Im ersten Stock jedenfalls nicht. Sie hatte auch einen ganz eigenen Geruch. Der rührte einerseits von ihrem Haaröl, andererseits von ihrem Körper und ihren Kleidern. Es war ein zugleich starker und strenger, dabei aber nicht unangenehmer Geruch. Er hatte ihn ein wenig verwirrt, als sie mit ihm gesprochen hatte.

Und es gab noch etwas, das Mr Pyke hätte vermuten lassen können, Maigret führte ihn hinters Licht. Nach dem Essen war der Kommissar für einen Augenblick in sein Zimmer hinaufgegangen, um sich die Zähne zu putzen und die Hände zu waschen. Er hatte die Tür offen gelassen, und ohne dass er es bemerkt hatte, war Jojo hereingehuscht. Wie alt mochte sie sein? Sechzehn? Zwanzig? Sie hatte den zugleich bewundernden und ängstlichen Blick jener kleinen Mädchen, die sich vor den Bühneneingang eines Theaters stellen, um von einem Künstler ein Autogramm zu erbetteln. Der berühmte Maigret machte großen Eindruck auf sie.

»Wollen Sie mir etwas sagen, mein Kind?«

Sie hatte die Tür hinter sich geschlossen, was ihm gar nicht lieb war, denn man weiß nie, was die Leute denken. Obendrein war ein Engländer im Haus.

»Es ist wegen Marcellin«, sagte sie dann und errötete. »Er hat an einem Nachmittag, als er sehr betrunken war und sich zu einem Schläfchen auf die Bank im Lokal gelegt hatte, mit mir gesprochen.«

Vorhin, als es in der Arche noch leer war, hatte Maigret auch jemanden auf jener Bank liegen sehen, der, mit einer Zeitung über dem Gesicht, ein Nickerchen machte. Dort war es eben schön kühl. Dennoch, was für ein seltsames Haus! Was den Geruch betraf …

»Ich habe gedacht, das könnte Ihnen vielleicht von Nutzen sein. Er hat mir gesagt, wenn er wollte, bekäme er einen ›Haufen Kohle‹!«

»Wie lange ist das her?«

»Ich glaube, zwei Tage vor dem Mord.«

»War sonst noch jemand im Lokal?«

»Nur ich. Ich habe gerade die Theke geputzt.«

»Haben Sie mit jemandem darüber gesprochen?«

»Nein, ich glaube nicht.«

»Hat er sonst noch etwas gesagt?«

»Bloß: ›Aber was sollte ich damit anstellen, meine kleine Jojo? Ich habe es hier doch so gut.‹«

»Hat er Ihnen nie den Hof gemacht? Nie etwas von Ihnen gewollt?«

»Nein.«

»Und die anderen?«

»Von denen fast alle.«

»Wenn Ginette hier war – und sie kam doch beinahe jeden Monat, nicht wahr? –, ist Marcellin dann nie in ihr Zimmer hinaufgegangen?«

»Bestimmt nicht. Er hatte großen Respekt vor ihr.«

»Kann man mit Ihnen wie mit einer Erwachsenen sprechen, Jojo?«

»Ich bin immerhin neunzehn.«

»Gut. Hatte Marcellin hin und wieder Verhältnisse mit Frauen?«

»Natürlich.«

»Auf der Insel?«

»Zuerst mit Nine. Sie ist meine Cousine. Sie macht das mit jedem. Sie kann es offenbar nicht lassen.«

»Auf seinem Boot?«

»Überall. Dann mit der Witwe Lambert, der Wirtin von dem Café drüben am Platz. Er verbrachte manchmal die Nacht bei ihr. Wenn er Fische fing, brachte er sie ihr. Jetzt, wo er tot ist, kann ich es ja wohl sagen: Marcellin benutzte immer Dynamit zum Fischen.«

»Ist nie davon die Rede gewesen, dass er die Witwe Lambert heiraten wollte?«

»Ich glaube nicht, dass sie Lust hatte, wieder zu heiraten.«

Und aus Jojos Lächeln entnahm Maigret, dass es sich bei der Witwe Lambert um eine ungewöhnliche Frau handelte.

»Ist das alles, Jojo?«

»Ja, und jetzt muss ich wieder hinunter.«

Ginette schlief ebenso wenig. Sie lag im Nebenzimmer, genau hinter der Wand, sodass Maigret glaubte, ihren Atem zu hören. Das war ihm unangenehm, denn wenn er sich im Halbschlaf auf die andere Seite drehte, stieß er immer wieder mit dem Ellbogen gegen diese Wand, und Ginette zuckte dabei gewiss jedes Mal zusammen.

Es hatte lange gedauert, bis sie sich endlich ins Bett gelegt hatte. Was mochte sie die ganze Zeit getan haben? Sich ihrer Toilette gewidmet? Es war bisweilen totenstill in ihrem Zimmer, und Maigret fragte sich, ob sie vielleicht etwas schreiben würde. Zumal die Dachluke zu hoch war, um sich hinauszulehnen und frische Luft zu schöpfen.

Dieser eigenartige Geruch ... Es war ganz einfach der Geruch von Porquerolles. Er hatte ihn zuvor mit Mr Pyke am Ende der Mole ebenfalls wahrgenommen. Das von der Sonne erhitzte Wasser dünstete am Abend seltsame Düfte aus, und die Brise vom Land brachte andere Düfte mit. Und waren das auf dem Platz nicht Eukalyptusbäume? Wahrscheinlich gab es auf der Insel noch andere wohlriechende Pflanzen.

Wer ging nun wieder über den Flur? Mr Pyke? Das war jetzt schon das dritte Mal. Pauls Küche, die er nicht gewohnt war, schien ihm Probleme zu bereiten. Mr Pyke hatte viel getrunken. Hatte es ihm geschmeckt? Oder konnte er nicht anders?

Jedenfalls liebte er Champagner, und Maigret hatte nicht einmal daran gedacht, ihn zu einem Glas einzuladen. Mr Pyke hatte den ganzen Abend Champagner mit dem Major getrunken. Die beiden Männer hatten sich auf Anhieb so gut verstanden, dass man meinen konnte, sie würden sich schon ewig kennen. Sie hatten sich in eine Ecke gesetzt, und Jojo hatte ihnen unaufgefordert Champagner gebracht.

Bellam trank ihn nicht aus Sektkelchen, sondern aus großen Biergläsern. Er sah so typisch englisch aus, dass er einer Zeichnung aus dem *Punch* glich mit seinem silberweißen Haar, seinem rosigen Teint, seinen großen hellen Augen, die immer etwas feucht schimmerten, und der riesigen Zigarre, die er nicht einen einzigen Augenblick aus dem Mund nahm.

Er war ein Kind von siebzig oder zweiundsiebzig Jahren, und ihm saß der Schalk im Nacken. Seine Stimme war heiser, wahrscheinlich von dem Champagner und den Zigarren. Aber selbst nachdem er mehrere Flaschen getrunken hatte, bewahrte er eine anrührende Würde.

»Darf ich Ihnen Major Bellam vorstellen?«, hatte Pyke in einem passenden Moment gefragt. »Wir sind zufällig auf demselben College gewesen.«

Natürlich nicht im selben Jahr, nicht einmal im selben Jahrzehnt. Man spürte, wie sehr sie das beglückte. Der Major nannte den Kommissar Monsieur »Maigrette«.

Immer wieder blinzelte er Jojo oder Paul unauffällig zu, und schon wurde neuer Champagner auf den Tisch gestellt. Manchmal winkte er Jojo unauffällig herbei, die dann ein Glas füllte und es zu einem Gast im Schankraum brachte.

Das hätte etwas Hochmütiges oder Herablassendes haben können. Aber der Major machte das so liebenswürdig, so naiv, dass es niemanden kränkte. Es wirkte ein wenig so, als ob er gute Noten austeilte. Wenn das Glas bei seinem Empfänger angelangt war, erhob er das seine und prostete ihm stumm zu.

Fast alle hatten am Abend einmal hereingeschaut. Charlot hatte fast ununterbrochen die Spielautomaten laufen lassen. Er konnte es sich leisten, denn alles, was er hineinsteckte, spielte er in seine eigene Tasche. Er warf eine Münze in den Schlitz und drehte mit angespannter Aufmerksamkeit an dem Knopf, der die kleine verchromte Nadel auf ein billiges Zigarettenetui, eine Pfeife oder eine Wachstuchbrieftasche lenkte.

Konnte Ginette nicht schlafen, weil sie angespannt war? Hatte sich Maigret ihr gegenüber zu streng gezeigt? In ihrem Zimmer war er harsch mit ihr umgegangen. Aber nicht aus Trotz, wie man hätte vermuten können. Hatte sie das geglaubt?

Es war immer naiv, den Samariter zu spielen. Er hatte sie an der Place des Ternes aufgelesen und ins Sanatorium gebracht. Nie wäre er auf den Gedanken gekommen, dass er damit eine Seele retten und ein Mädchen von der Straße holen würde.

Ein anderer, der ihm »ähnelte«, hatte sich dann ihrer angenommen: der Arzt des Sanatoriums. Hatte er sich etwas davon erhofft?

Aus ihr ist das geworden, was eben aus ihr geworden ist. Das war ihre Sache. Er hatte keinen Grund, sich darüber aufzuregen oder verbittert zu sein.

Er war streng gewesen, weil es notwendig war, weil solche Frauen, selbst diejenigen, die noch nicht ganz verdorben sind, mit jedem Wort lügen, manchmal ohne Grund. Sie hatte ihm noch nicht alles gesagt, dessen war er sich sicher. Und darum konnte sie auch nicht einschlafen. Irgendetwas quälte sie.

Einmal erhob sie sich. Er hörte ihre nackten Füße auf dem Boden. Wollte sie vielleicht zu ihm kommen? Das war nicht ausgeschlossen, und Maigret dachte bereits daran, sich eilig seine Hose überstreifen zu müssen, die er auf dem Teppich hatte liegen lassen.

Sie war jedoch nicht gekommen. Er hatte das Klingen eines Glases gehört. Sie hatte gewiss Durst. Oder eine Schlaftablette genommen.

Er hatte nur ein einziges Glas Champagner getrunken, ansonsten vor allem Wein und schließlich, Gott weiß warum, Anisette.

Wer hatte den Anisette bestellt?

Ach ja, der Zahnarzt. Ein ehemaliger Zahnarzt, um genau zu sein, dessen Name ihm entfallen war. Wieder so eine Gestalt. Es schien auf der Insel, jedenfalls in der Arche, nur schräge Gestalten zu geben. Aber vielleicht waren sie diejenigen, die sich vernünftig verhielten, und die anderen, jene vom Festland, führten ein seltsames Leben.

Er schien ein sehr vermögender, feiner Mann gewesen zu sein, denn seine Praxis hatte sich in einem der elegantesten Viertel von Bordeaux befunden, und die Leute in Bordeaux sind sehr anspruchsvoll. Durch Zufall hatte es ihn nach Porquerolles verschlagen, wo er seine Ferien hatte verbringen wollen. Seitdem hatte er die Insel nur mehr ein einziges Mal für eine Woche verlassen, um seine Praxis aufzulösen.

Er trug keinen Hemdkragen. Einer der Morins, ein Fischer namens Morin-Coiffeur, schnitt ihm jeden Monat die Haare. Der ehemalige Zahnarzt hatte sich seit mindestens drei Tagen nicht rasiert, und seine Hände waren so ungepflegt wie alles andere an ihm. Er tat nichts, außer auf seiner schattigen Veranda in seinem Schaukelstuhl zu sitzen und zu lesen.

Er hatte ein Mädchen von der Insel geheiratet, das

vielleicht einmal hübsch gewesen, aber schnell dick geworden war, einen dunklen Damenbart hatte und eine schrille Stimme.

Er war glücklich. Das behauptete er wenigstens, und er hatte mit einer beängstigenden Gewissheit gesagt:

»Sie werden schon sehen! Wenn Sie eine Weile hierbleiben, werden Sie sich ebenso anstecken wie alle anderen. Und dann kommen Sie nicht mehr weg.«

Maigret wusste, dass sich Weiße auf gewissen pazifischen Inseln bisweilen gehenließen, sich »kanakisierten«, wie man es dort nennt, aber er wusste nicht, dass das auch nur drei Meilen vor der französischen Küste möglich war.

Wenn man mit dem Zahnarzt über irgendjemanden sprach, dann beurteilte er ihn nur danach, wie weit die »Kanakisierung« fortgeschritten war. Er gebrauchte dafür allerdings ein anderes Wort. Er sprach von der »Porquerollitis«.

Und der Arzt? Einen Arzt gab es hier nämlich auch. Maigret war ihm zwar noch nicht begegnet, aber Lechat hatte von ihm erzählt. Nach den Worten des Zahnarztes war er bis ins Mark »porquerollisiert«.

»Ich vermute, Sie sind befreundet?«

»Wir treffen uns nie. Wir grüßen uns lediglich aus der Ferne.«

Der Arzt war freilich schon bei seiner Ankunft anfällig gewesen. Er war sehr krank und hatte sich auf der Insel nur niedergelassen, um sich auszukurieren. Er war Junggeselle und lebte allein in einem winzigen Holzhäuschen mit einem Blumengarten ringsherum und besorgte seinen Haushalt selbst. Es war sehr schmutzig bei ihm. Aus gesundheitlichen Gründen ging er abends nicht aus, selbst wenn man ihn zu einem Notfall rief, und im Winter, wenn es, was selten vorkam, einmal wirklich kalt war, ließ er sich tage-, manchmal sogar wochenlang nicht blicken.

»Sie werden schon sehen!«, sagte der Zahnarzt mit Nachdruck und lächelte sarkastisch. »Im Übrigen müssen Sie sich nur umschauen, um sich ein Bild davon zu machen, wie es hier zugeht. Und dann stellen Sie sich vor, es würde sich jeden Abend wiederholen.«

Das war tatsächlich ein sonderbares Schauspiel. Weder Café noch Salon. Die lockere Atmosphäre erinnerte eher an Abende in einem Künstleratelier. Alle kannten sich, und man machte sich gegenseitig nicht viel vor. Der Major, der seine Ausbildung einem etablierten englischen College verdankte, hatte hier den gleichen Stand wie Marcellin oder Charlot. Von Zeit zu Zeit wechselte jemand den Platz und den Gesprächspartner.

Zu Beginn hatten Monsieur Emile und Ginette

still und leise gemeinsam am Tisch neben der Theke gesessen, wie ein altes Ehepaar im Wartesaal eines Bahnhofs. Monsieur Emile hatte seinen Tee bestellt, und vor Ginette stand ein winziges Glas mit grünlichem Likör.

Bisweilen wechselten sie leise ein, zwei Worte, aber man konnte sie nicht verstehen. Man sah nur, wie sich ihre Lippen bewegten. Dann hatte sich Ginette seufzend erhoben und aus einem Fach unter dem Grammophon ein Damespiel hervorgeholt.

Sie spielten. Man hatte das Gefühl, sie täten das schon seit Jahren so, Tag für Tag, und alle würden hier alt, ohne sich vom Fleck zu rühren, ohne auch nur eine andere Bewegung auszuführen als jene, die sie immerzu wiederholten.

In fünf Jahren würde Maigret den Zahnarzt wahrscheinlich wieder vor einem Anisette sitzend vorfinden, noch immer das gleichermaßen boshafte wie zufriedene Lächeln auf den Lippen. Charlot ließ den Spielautomaten laufen, und auch seine Gesten hatten inzwischen etwas Mechanisches. Warum sollte er sich veranlasst sehen, irgendwann einmal damit aufzuhören?

Die beiden Verlobten schoben die Steine hin und her, und nach jedem Zug blickten sie mit unwirklichem Ernst auf das Spielbrett, während der Major ein Glas Champagner nach dem anderen trank und Mr Pyke Geschichten erzählte.

Niemand hatte es eilig. Niemand schien an morgen zu denken. Wenn sie keinen Gast zu bedienen hatte, stützte Jojo die Ellbogen auf die Theke und blickte, das Kinn in die Hände gestützt, nachdenklich vor sich hin. Mehrmals spürte Maigret, dass sie ihn fixierte, aber sobald er ihr den Kopf zuwandte, sah sie weg.

Paul, der Wirt, immer noch in Schürze und Kochmütze, ging von einem Tisch zum anderen und spendierte jedem ein Glas. Das musste ihn teuer zu stehen kommen, aber man durfte wohl annehmen, dass er am Ende auf seine Kosten kam.

Seine Frau, ein winziges Persönchen, das man kaum bemerkte, mit harten Zügen und stumpfem blonden Haar, hatte sich ganz allein an einen Tisch gesetzt und machte die Tagesabrechnung.

»Das ist jeden Abend so«, hatte Lechat zu dem Kommissar gesagt.

»Und die Inselbewohner, ich meine, die Fischer?«

»Nach dem Essen kommen sie selten her. Sie fahren vor Tagesanbruch aufs Meer hinaus und gehen früh schlafen. Abends jedenfalls würden sie nie in die Arche kommen. Das ist eine Art unausgesprochenes Gesetz. Am Nachmittag, ja auch am Morgen findet sich hier alles ein. Aber nach dem Abendbrot gehen die Inselbewohner, die echten Einheimischen, eher in andere Lokale.«

»Was machen sie dort?«

»Nichts. Ich bin einmal dort gewesen. Manchmal hören sie Radio, aber das kommt selten vor. Sie trinken stumm ein Gläschen und schauen vor sich hin.«

»Ist es hier auch immer so ruhig?«

»Das kommt darauf an. Warten Sie es ab. Das kann sich von einem Moment auf den anderen ändern. Ganz ohne besonderen Anlass. Jemand lässt eine Bemerkung fallen, ein anderer gibt eine Runde aus, und schon sitzen alle beisammen und reden wild durcheinander.«

Dazu war es nicht gekommen, was vielleicht an Maigrets Anwesenheit gelegen hatte.

Trotz des offenen Fensters war es sehr heiß. Maigret konnte nicht anders, als auf jedes Geräusch im Haus zu horchen. Ginette schlief noch immer nicht. Manchmal vernahm er Schritte über seinem Kopf. Mr Pyke schien zum vierten Mal zum Ende des Flurs zu gehen, und jedes Mal wartete Maigret mit einer gewissen Beklemmung auf das Rauschen der Wasserspülung, bevor er versuchte, wieder einzuschlafen. Denn zwischen den Geräuschen musste er immer wieder eingenickt sein. Wenn der Schlaf auch nicht tief genug war, um all seine Gedanken auszulöschen, so genügte er doch, um sie zu vernebeln.

Mr Pyke hatte ihm einen bösen Streich gespielt,

als er auf der Mole von dem Holländer gesprochen hatte. Seitdem beurteilte der Kommissar de Greef nur noch nach der unanfechtbaren Einschätzung seines britischen Kollegen.

Dennoch, das Bild, das Pyke von dem jungen Mann gezeichnet hatte, befriedigte ihn nicht. Er war auch da gewesen, mit Anna, die sehr schläfrig zu sein schien und, je weiter der Abend fortschritt, immer dichter an die Schulter ihres Gefährten rückte.

De Greef sprach kein Wort mit ihr. Er schien überhaupt nicht viel mit ihr zu reden. De Greef war der Mann, der Herr, und sie hatte zu folgen und zu warten, bis es ihn nach etwas gelüstete. Er blickte um sich. Mit seinem sehr schmalen Gesicht glich er einem ausgehungerten wilden Tier, einem Raubtier.

Die anderen waren gewiss auch keine Lämmer, aber de Greef war unbestreitbar ein Raubtier. Er schnüffelte auch so. Das war ein Tick. Er hörte alles, was die anderen sagten, und schnüffelte, als würde er etwas wittern. Das war seine einzige erkennbare Reaktion.

Im Dschungel wäre der Major zweifellos ein Dickhäuter gewesen, ein Elefant oder besser noch ein Nilpferd. Und Monsieur Emile? Irgendetwas Hinterhältiges mit spitzen Zähnen.

Es war albern. Was würde Mr Pyke denken, wenn

er Maigrets Gedanken lesen könnte? Der Kommissar konnte sich allerdings damit entschuldigen, dass er sich im Halbschlaf befand und viel getrunken hatte. Hätte er seine Schlaflosigkeit vorhergesehen, hätte er noch ein paar Gläser mehr getrunken, um gleich in einen traumlosen Schlaf zu sinken.

Lechat war durchaus sehr tüchtig. So tüchtig, dass Maigret ihn gern in seiner Abteilung gehabt hätte. Noch ein wenig jung, ein wenig nervös. Er war leicht erregbar wie ein Jagdhund, der unablässig um seinen Herrn herumspringt. Den Süden kannte er bereits, weil er bei der Polizei von Draguignan war, aber er war nur ein- oder zweimal auf Porquerolles gewesen. Trotzdem war ihm die Insel nach kaum drei Tagen bereits vertraut.

»Kommen die Leute von der North Star nicht jeden Abend?«

»Fast jeden Abend. Manchmal kommen sie erst spät. Wenn das Meer ruhig ist, machen sie für gewöhnlich eine Bootsfahrt im Mondschein.«

»Sind Mrs Wilcox und der Major befreundet?«

»Sie vermeiden es sorgfältig, miteinander zu sprechen, und behandeln sich, als wären sie Luft.«

Das war immerhin verständlich. Sie stammten beide aus denselben Kreisen. Und beide führten hier, aus diesem oder jenem Grund, ein Leben unter ihrer Würde.

Es musste für den Major unangenehm sein, sich

vor den Augen von Mrs Wilcox zu betrinken, denn in seinem Land pflegen das die Gentlemen unter sich und nur hinter verschlossenen Türen zu tun. Sie dagegen schämte sich gewiss vor dem ehemaligen Offizier der Indienarmee für ihren Moricourt.

Sie waren gegen elf Uhr abends eingetroffen. Und wie gewöhnlich entsprach Mrs Wilcox nicht dem Bild, das sich der Kommissar von ihr gemacht hatte. Er hatte sich eine Lady vorgestellt, und sie war eine Frau mit rot gefärbten Haaren, ziemlich verlebt und unförmig. Ihre raue Stimme war der des Majors gar nicht unähnlich, nur hatte sie einen noch dunkleren Klang. Sie trug ein Leinenkleid, dazu aber ein womöglich echtes dreireihiges Perlencollier um den Hals und einen großen Brillanten am Finger. Sofort hatte sie nach Maigret Ausschau gehalten. Philippe schien ihr schon von dem Kommissar berichtet zu haben, und auch nachdem sie sich gesetzt hatte, musterte sie ihn weiter von Kopf bis Fuß, während sie sich leise mit ihrem Begleiter unterhielt. Was sie wohl sagte? Ob sie ihn auch dick und gewöhnlich fand? Hatte sie sich ihn jung und verführerisch vorgestellt? Vielleicht fand sie, dass er nicht sehr intelligent aussah.

Das Paar trank Whisky mit sehr wenig Soda. Philippe umsorgte sie und wurde verlegen, als er bemerkte, dass der Kommissar ihn beobachtete. Er mochte es offenbar nicht, seine Pflichten vor Publikum zu erfüllen. Sie hingegen tat alles, um seine Abhängigkeit vorzuführen. Statt Jojo oder Paul zu rufen, bat sie ihn, ihr Glas, das sie nicht sauber genug fand, gegen ein anderes einzutauschen, oder schickte ihn an die Theke, um Zigaretten zu holen. Einmal schickte sie ihn sogar, Gott weiß warum, hinaus.

Sie wollte ihre Macht über den Moricourt-Erben zur Schau stellen und bei der Gelegenheit vielleicht auch zeigen, dass sie sich nicht schämte.

Im Vorbeigehen hatte das Paar den jungen de Greef und seine Begleiterin begrüßt. Allerdings nur sehr flüchtig, ein bisschen so, wie es Freimaurer untereinander tun.

Wider Erwarten war der Major als Erster gegangen, mit Würde, wenn auch leicht schwankenden Schrittes, und Mr Pyke hatte ihn ein Stück begleitet.

Dann war der Zahnarzt ebenfalls aufgebrochen.

»Sie werden schon sehen!«, hatte er Maigret noch einmal zugerufen und ihm einen »Porquerollitis-Anfall« prophezeit.

Charlot, dem der Spielautomat allmählich langweilig wurde, hatte sich rittlings zu den Damespielern auf einen Stuhl gesetzt und Ginette stumm auf einen oder zwei Züge hingewiesen. Nachdem Monsieur Emile gegangen war, hatte Charlot sich schlafen gelegt. Ginette schien dafür erst Maigrets Erlaubnis abzuwarten. Sie war schließlich an seinen

Tisch gekommen und hatte mit leisem Lächeln gemurmelt:

»Sind Sie mir noch immer böse?«

Man sah ihr deutlich an, wie müde sie war, und Maigret hatte ihr deshalb geraten, ebenfalls schlafen zu gehen. Er folgte ihr gleich hinauf, weil ihm plötzlich der Gedanke gekommen war, sie träfe sich vielleicht mit Charlot. Als er wieder einmal einzuschlafen versuchte – vielleicht schlief er auch bereits, und es war alles nur ein Traum –, hatte er das Gefühl, auf eine höchst bedeutsame Tatsache zu stoßen: Ich darf das nicht vergessen. Ich muss mich unbedingt morgen früh daran erinnern.

Fast wäre er wieder aufgestanden, um es sich auf ein Stück Papier zu schreiben. Wie eine Erleuchtung war es über ihn gekommen. Es war sehr seltsam, aber er war froh darüber und sagte sich immer wieder: Dass ich es bloß morgen früh nicht vergesse!

Und das Rauschen der Wasserspülung dröhnte erneut durch die Arche. Danach hörte man zehn Minuten lang, wie sich der Kasten langsam wieder mit Wasser füllte. Das ging ihm auf die Nerven.

Plötzlich wurde das Geräusch lauter. Irgendetwas explodierte. Maigret setzte sich in seinem Bett auf, öffnete die Augen. Sein Zimmer war sonnendurchflutet. Genau vor seinen Augen, im offenen Fensterrahmen, erhob sich der Glockenturm der kleinen Kirche.

Der Krach kam vom Hafen. Es waren die Motoren der Boote, die laut hustend angeworfen wurden. Die Fischer fuhren alle zur selben Stunde aus. Einer der Motoren fiel nach einigem Getöse wieder aus, es folgte eine kurze Stille, und das Knattern begann von vorn. Man hätte am liebsten selbst Hand angelegt, um den Motor endlich in Gang zu bringen.

Maigret verspürte das Verlangen, sich anzuziehen und hinauszugehen. Er sah auf seine Uhr, die er auf den Nachttisch gelegt hatte, und stellte fest, dass es erst halb fünf war. Der Geruch war noch eindringlicher als am Abend zuvor. Das lag wahrscheinlich an der feuchten Morgenluft. Im Haus war es totenstill. Auch auf dem Platz rührte sich nichts. Das Laub der Eukalyptusbäume ließ die Strahlen der aufgehenden Sonne still über sich hinweggleiten. Nur die Motoren im Hafen waren zu vernehmen und hin und wieder eine Stimme, aber auch das Knattern klang allmählich immer ferner und gedämpfter, bis es schließlich nichts weiter war als ein leichtes Vibrieren.

Als er erneut die Augen aufschlug, erinnerte ihn ein anderer Geruch an all die Morgenstunden seit seiner frühen Kindheit: der Duft frischen Kaffees. Im Haus wurde es jetzt lebendig. Man hörte Schritte auf dem Platz, und im Kies knirschten die Räder der Karren.

Maigret fiel sofort ein, dass er sich an etwas Wichtiges erinnern musste, aber er wusste nicht mehr, woran. Er hatte von dem Anisette einen pelzigen Geschmack auf der Zunge und suchte nach einem Klingelknopf, in der Hoffnung, sich Kaffee heraufbringen lassen zu können. Aber er fand keinen. Er zog Hose, Hemd und Pantoffeln an, fuhr sich mit dem Kamm durchs Haar und öffnete die Tür. Aus dem Zimmer Ginettes, die gewiss bei der Morgentoilette war, strömte ein starker Duft von Parfüm und Seife.

Hatte er nicht gerade in Bezug auf sie eine Entdeckung gemacht oder zu machen geglaubt? Er ging hinunter. Im Schankraum waren die Stühle noch zu Pyramiden auf den Tischen gestapelt. Die Türen standen offen, und die Stühle auf der Terrasse waren übereinandergestapelt. Niemand war zu sehen.

Er ging in die Küche, seine Augen mussten sich erst an das dämmerige Licht gewöhnen.

»Guten Morgen, Herr Kommissar. Haben Sie gut geschlafen?«

Es war Jojo in ihrem allzu kurzen schwarzen Kleid, das ihr buchstäblich auf der Haut klebte. Sie hatte sich ebenfalls noch nicht gewaschen und schien unter dem Kleid ganz nackt zu sein.

»Möchten Sie Kaffee?«

Einen Augenblick dachte er an seine Frau, die zu dieser Stunde in ihrer Pariser Wohnung mit den zum Boulevard Richard-Lenoir geöffneten Fens-

tern gewiss das Frühstück zubereitete. Plötzlich
fiel ihm ein, dass es in Paris regnete. Bei seiner Ab-
reise war es dort noch fast winterlich kalt gewesen.
Hier konnte man sich das kaum vorstellen.

»Soll ich Ihnen einen Tisch frei machen?«

Wozu? Es war hier in der Küche ganz gemütlich.
Sie befeuerte den Herd mit Rebenholz, was gut
roch. Als sie die Arme hob, sah er die feinen brau-
nen Haare in ihren Achselhöhlen.

Immer noch versuchte er, sich auf seine Erkennt-
nis in der Nacht zu besinnen, und redete gedan-
kenlos irgendetwas daher, wohl weil es ihm unangenehm war, mit Jojo allein zu sein.

»Ist Monsieur Paul noch nicht heruntergekommen?«

»Er ist schon eine ganze Weile am Hafen. Er
kauft dort jeden Morgen bei den zurückkehrenden
Fischern seinen Fisch.«

Sie warf einen Blick auf die Uhr.

»Die Cormoran wird in fünf Minuten ausfahren.«

»Ist sonst niemand heruntergekommen?«

»Monsieur Charlot.«

»Doch wohl nicht mit seinem Gepäck?«

»Nein. Er hat Monsieur Paul begleitet. Ihr Freund
ist auch schon vor einer halben Stunde fortgegangen.«

Maigret ließ seinen Blick durch die offene Tür
über den Platz schweifen.

»In Badehose und mit seinem Handtuch unterm Arm ist er sicher schwimmen gegangen.«

Es ging um Ginette. Aber es hatte auch mit Jojo zu tun. Er erinnerte sich, dass er im Halbschlaf an Jojo gedacht hatte, wie sie die Treppe hinaufkam. Es war jedoch kein erotischer Gedanke gewesen. Ihre Beine, die sie bis oben hin zeigte, spielten dabei nur eine untergeordnete Rolle. Nun ja. Dann war sie in sein Zimmer gekommen.

Am Abend zuvor hatte er Ginette eindringlich gefragt:

»Warum sind Sie gekommen?«

Und sie hatte mehrmals gelogen. Erst hatte sie erklärt, sie habe ihn sehen wollen, weil sie erfahren habe, dass er auf der Insel sei, und schon geahnt habe, dass er nach ihr fahnden lassen würde.

Kurz darauf gab sie zu, dass sie mit Monsieur Emile sozusagen verlobt sei. Zugleich ließ sie durchblicken, dass sie gekommen sei, um ihn zu entlasten, um dem Kommissar zu versichern, dass ihr Chef nicht das Geringste mit Marcellins Tod zu tun habe.

Es war gar nicht so falsch von ihm gewesen, sich ihr gegenüber kühl zu zeigen. Sie hatte den Schleier gelüftet, aber noch nicht ganz.

Am Ofen stehend trank er seinen Kaffee in kleinen Schlucken. Was für ein hübscher Zufall: die Tasse aus gewöhnlichem Steingut, aber einem antiken Modell nachgebildet, war fast die gleiche wie die, die er seit seiner Kindheit benutzt und für einmalig gehalten hatte.

»Essen Sie nichts?«

»Im Augenblick nicht.«

»In einer Viertelstunde gibt es beim Bäcker frisches Brot.«

Endlich fiel es ihm ein, und Jojo musste sich fragen, warum er plötzlich lächelte.

Hatte Marcellin Jojo nicht von einem »Haufen Kohle« erzählt, an den er herankommen könnte? Natürlich war er betrunken gewesen, aber das kam oft bei ihm vor. Seit wann hatte er die Möglichkeit, jene Kohle zu verdienen? Nicht unbedingt erst seit Kurzem. Ginette kam fast jeden Monat auf die Insel. Sie war auch im vorigen Monat hier gewesen. Es war leicht, sich darüber Gewissheit zu verschaffen. Marcellin konnte ihr andererseits auch geschrieben haben.

Wenn er einen großen Haufen Kohle verdienen konnte, war es durchaus möglich, dass ein anderer es an seiner Stelle ebenso konnte, wenn er zum Beispiel wusste, was Marcellin wusste.

Maigret stand noch immer am Ofen, die Tasse in der Hand, und starrte auf das lichte Rechteck der offenen Tür. Jojo sah ihn neugierig an.

Lechat behauptete, Marcel sei gestorben, weil er zu viel von »seinem Freund Maigret« gesprochen habe, und bei flüchtiger Betrachtung schien das an den Haaren herbeigezogen zu sein.

Es war ein komischer Anblick, wie sich die Gestalt des fast nackten Mr Pyke draußen im Licht abzeichnete. Er hatte sein feuchtes Handtuch in der Hand, und das nasse Haar klebte ihm an der Stirn.

Anstatt ihn zu begrüßen, murmelte Maigret:

»Einen Augenblick …«

Jetzt hatte er es gleich. Nur noch ein wenig Konzentration, und die Gedanken würden sich zusammenfügen. Wenn man zum Beispiel davon ausging, dass Ginette gekommen war, weil sie wusste, warum Marcellin ermordet wurde.

Sie musste sich nicht nur herbemüht haben, um zu verhindern, dass man den Täter überführt. Wenn sie erst einmal mit Monsieur Emile verheiratet wäre, würde sie reich sein. Nur, die alte Justine lebte noch, sie konnte sich noch jahrelang dahinschleppen, entgegen der Meinung der Ärzte. Wenn sie erfuhr, was sich da anbahnte, wäre sie fähig, irgendeine große Dummheit zu begehen, nur um zu vereiteln, dass ihr Sohn nach ihrem Tod überhaupt irgendwen heiratete.

Marcellins »Kohle« war aber gleich zu haben. Vielleicht sogar jetzt noch. Trotz Maigrets und Inspektor Lechats Anwesenheit.

»Verzeihen Sie, Monsieur Pyke. Haben Sie gut geschlafen?«

»Sehr gut«, antwortete der Engländer unverdrossen.

Würde Maigret ihm gestehen, dass er in der Nacht gezählt hatte, wie oft die Wasserspülung betätigt worden war? Überflüssig. Nach seinem Bad im Meer war der Inspektor von Scotland Yard so munter wie ein Fisch.

Gleich beim Rasieren würde der Kommissar Zeit haben, über den »Haufen Kohle« nachzudenken.

6

Das Pferd des Majors

Die Engländer haben auch ihre guten Seiten. Hätte ein französischer Kollege an der Stelle von Mr Pyke dem Verlangen widerstanden, ihm die Sache unter die Nase zu reiben? Und hatte Maigret, obwohl ihm gar nicht daran gelegen war, andere zu necken, nicht beinahe eine Anspielung auf die Wasserspülung gemacht, die der Inspektor von Scotland Yard in der Nacht so oft gezogen hatte? Vielleicht war der Abend feuchtfröhlicher gewesen, als ihnen beiden bewusst war. Jedenfalls hatten sie das nicht vorhersehen können. Sie befanden sich noch immer alle drei, Maigret, Pyke und Jojo, in der Küche, deren Tür nach wie vor offen stand. Maigret trank seinen Kaffee aus, und Mr Pyke in Badehose stand ihm im Licht, während Jojo in der Speisekammer nach Speck suchte. Es war genau drei Minuten vor acht, als Maigret auf die Uhr blickte und in unnachahmlich naivem Ton anmerkte:

»Ich möchte wissen, ob Lechat immer noch seinen Rausch von gestern Abend ausschläft.«

Jojo zuckte zusammen, vermied es aber, sich umzudrehen. Was Mr Pyke betraf, so konnte all seine gute Erziehung nicht verhindern, dass sich ein leichtes Erstaunen in seinen Zügen abzeichnete. Trotzdem sagte er ganz harmlos:

»Ich habe eben gesehen, wie er an Bord der Cormoran ging. Er wird wohl auf Ginette warten.«

Maigret hatte Marcellins Beerdigung fast vergessen. Umso schlimmer, fiel es ihm plötzlich ein, da er am Abend zuvor lange und sogar etwas zu eifrig mit seinem Inspektor darüber gesprochen hatte. War Mr Pyke bei der Unterhaltung dabei gewesen? Er wusste es nicht mehr, sah sich aber jetzt wieder dort auf der Bank sitzen.

›Du wirst sie begleiten, mein Lieber, hörst du? Ich will nicht behaupten, dass uns das unbedingt weiterbringt. Vielleicht wird ihr Verhalten irgendetwas verraten, vielleicht auch nicht. Vielleicht wird jemand versuchen, ihr etwas zuzuflüstern. Vielleicht wirst du jemanden in der Trauergesellschaft entdecken, dessen Anwesenheit gewisse Schlüsse zulässt. Man muss immer zu den Beerdigungen gehen, das ist ein alter Grundsatz, der mir oft Erfolg gebracht hat. Halt die Augen offen. Weiter nichts.‹

Er glaubte sich sogar zu erinnern, dem Inspektor, den er dabei die ganze Zeit duzte, von zwei oder drei Beerdigungen erzählt zu haben, die ihn auf die Spur eines Verbrechers gebracht hatten.

Er begriff jetzt, warum Ginette in ihrem Zimmer so viel Lärm machte. Er hörte, wie sie oben die Tür öffnete und herunterrief:

»Bring mir schnell eine Tasse Kaffee, Jojo. Wie viel Zeit habe ich noch?«

»Drei Minuten, Madame!«

Genau in diesem Augenblick kündigte die Sirene der Cormoran an, dass das Schiff gleich abfuhr.

»Ich gehe zur Anlegestelle«, sagte der Kommissar.

In Pantoffeln und ohne Hemdkragen, denn es war zu spät, um hinaufzugehen und sich anzuziehen. Aber er war nicht der Einzige, der so nachlässig gekleidet war. Am Schiff standen bereits kleine Gruppen, dieselben wie am Tag zuvor, als Maigret angekommen war. Sie schienen jeder Ankunft und Abfahrt eines Schiffes beizuwohnen. Bevor sie ihren Tag begannen, sahen sie zu, wie die Cormoran den Hafen verließ, und anschließend tranken sie, noch ehe sie sich der Morgentoilette widmeten, ein Glas Weißwein bei Paul oder in einem der Cafés.

Der Zahnarzt, weniger diskret als Mr Pyke, starrte unverfroren auf Maigrets Pantoffeln und seinen achtlosen Aufzug, und sein schadenfrohes Lächeln schien ihm unverhohlen zu sagen:

»Ich hatte Sie gewarnt, es geht bereits los!«

Die »Porquerollitis« natürlich, die ihm selbst schon in den Knochen steckte. Doch er fragte nur:

»Gut geschlafen?«

Lechat, der schon an Bord war, ganz fiebrig vor Ungeduld, kam noch einmal an Land, um mit seinem Chef zu sprechen.

»Ich wollte Sie nicht wecken. Kommt sie nicht? Baptiste sagt, wenn sie nicht gleich hier ist, fährt das Schiff ohne sie ab.«

Es fuhren noch andere mit, um an Marcellins Beerdigung teilzunehmen: Fischer im Sonntagsstaat, der Maurer und die Frau aus dem Tabakladen. Charlot war nirgends zu entdecken, obwohl Maigret ihn eben noch auf dem Platz gesehen hatte. An Bord der North Star rührte sich nichts. Im Augenblick, als der Stumme das Tau losmachen wollte, kam Ginette angerannt. Sie trug ein schwarzes Seidenkleid und einen schwarzen Hut mit Schleier und roch meilenweit nach Parfüm. Mit akrobatischem Geschick zog man sie an Bord, und erst als sie sich gesetzt hatte, erblickte sie den Kommissar auf dem Quai und grüßte ihn mit einem Nicken.

Das Meer war spiegelglatt und blendete so sehr, dass alles vor den Augen verschwamm, wenn man zu lange daraufschaute. Die Cormoran zeichnete einen silbernen Schnörkel auf das Wasser. Die Leute blickten ihr noch ein Weilchen nach, wie sie es immer zu tun pflegten, dann schlenderten sie langsam zum Dorfplatz. Ein Fischer, der kurz zuvor einen Tintenfisch mit seiner Harpune aufgespießt hatte, zog ihm die Haut ab, während sich die Fangarme um seinen tätowierten Arm schlangen.

In der Arche stand Paul frisch und ausgeschlafen hinter der Theke und schenkte Weißwein aus. Mr Pyke, der sich inzwischen angezogen hatte, saß an einem Tisch und aß Eier mit Speck. Maigret trank ein Glas wie alle anderen. Wenig später, als er mit herunterhängenden Hosenträgern in seinem Zimmer am Fenster stand und sich rasierte, klopfte es an der Tür. Es war der Engländer.

»Störe ich? Darf ich hereinkommen?«

Er setzte sich auf den einzigen Stuhl, und beide schwiegen eine gute Weile. Endlich ergriff Mr Pyke das Wort:

»Ich habe mich gestern Abend länger mit dem Major unterhalten. Wissen Sie, dass er einer unserer berühmtesten Polospieler gewesen ist?«

Maigrets Reaktion auf diese Worte, genauer gesagt das Fehlen jeder Reaktion, enttäuschte ihn gewiss sehr. Aber der Kommissar hatte nur eine sehr vage Vorstellung von Polo. Er wusste allenfalls, dass man dazu Pferde brauchte und dass irgendwo im Bois de Boulogne oder in Saint-Cloud ein sehr aristokratischer Poloklub existierte. Mr Pyke ließ sich jedoch nichts anmerken und ging höflich darüber hinweg.

»Er ist nämlich nicht der älteste Sohn.«

Für Mr Pyke erklärte das alles. Erbte in den englischen Adelsfamilien nicht tatsächlich der Älteste Titel und Vermögen, wodurch die anderen gezwungen sind, in der Armee oder bei der Marine Karriere zu machen?

»Sein Bruder gehört dem Oberhaus an. Der Major ist in die Indienarmee eingetreten.«

Ähnlich musste es Mr Pyke ergehen, wenn Maigret seine Andeutungen über Leute wie Charlot, Monsieur Emile oder Ginette machte. Aber sein englischer Kollege war geduldig und setzte mit vollendeter Diskretion das Tüpfelchen auf das i.

»Wer einen Namen hat, bleibt nicht in London, es sei denn, er verfügt über die notwendigen Mittel, um dort standesgemäß aufzutreten. Bei der Indienarmee kann man sich vor allem der Leidenschaft für Pferde widmen. Um Polo zu spielen, braucht man einen Reitstall mit mehreren Ponys.«

»War der Major nie verheiratet?«

»Die jüngeren Söhne verheiraten sich selten. Hätte Bellam eine Familie gegründet, hätte er auf die Pferde verzichten müssen.«

»Er hat sich also für die Pferde entschieden.«

Mr Pyke schien das ganz und gar nicht zu verwundern.

»In England treffen sich die Junggesellen abends im Klub und haben keine andere Zerstreuung als das Trinken. Der Major hat viel getrunken in seinem Leben. In Indien war es Whisky. An Champagner hat er erst hier Gefallen gefunden.«

»Hat er Ihnen gesagt, warum er sich auf Porquerolles niedergelassen hat?«

»Ihn hat ein böses Schicksal ereilt, das Schlimmste, was ihm passieren konnte. Er ist vom Pferd gestürzt und war drei Jahre lang ans Bett gefesselt, die Hälfte der Zeit im Gipsverband. Und als er endlich aufstehen konnte, wurde ihm klar, dass es mit dem Reiten für immer vorbei war.«

»Und aus dem Grund hat er Indien verlassen?«

»Ja, deswegen ist er hergekommen. In warmen Gegenden wie dieser, am Mittelmeer oder am Pazifik, werden Sie bestimmt überall Gentlemen vom Schlag des Majors antreffen. Sie gelten meist als Originale, und wo sollten sie sonst hin?«

»Haben sie denn nicht das Bedürfnis, nach England zurückzukehren?«

»Ihre Geldmittel würden es ihnen in London nicht erlauben, ein ihrem Rang entsprechendes Leben zu führen, und mit den Gewohnheiten, die sie sich zugelegt haben, würden sie in England schlecht aufs Land passen.«

»Hat er Ihnen gesagt, warum er Mrs Wilcox nicht grüßt?«

»Das brauchte er mir nicht zu sagen.«

Sollte er weitere Fragen stellen? Oder hätte Mr Pyke es auch vorgezogen, wenn nicht allzu viel über seine Landsmännin gesprochen wurde? Eigentlich war Mrs Wilcox das weibliche Gegenstück zum Major.

Maigret wusch sich das Gesicht und zögerte, sein Jackett anzuziehen. Der Inspektor von Scotland Yard war auch in Hemdsärmeln. Es war schon wieder sehr heiß. Aber der Kommissar konnte es sich nicht wie sein schlanker Kollege leisten, auf Hosenträger zu verzichten, und ein Mann mit Hosenträgern wirkt immer wie ein Krämer beim Picknick. Er zog also das Jackett an. Und während Mr Pyke sich erhob, murmelte er:

»Der Major ist trotz allem Gentleman geblieben.«

Er folgte Maigret die Treppe hinunter. Ohne ihn zu fragen, was er jetzt vorhatte, ging er brav hinter ihm her, und das genügte schon, um dem Kommissar den ganzen Tag zu verderben.

Er hatte sich an diesem Morgen vage vorgenommen, wegen Mr Pyke seine Autorität als ranghoher Polizeibeamter auszuspielen. Denn ein Kommissar der Kriminalpolizei rennt nicht einfach durch die Straßen und in die Bistros, um einen Mörder zu suchen. Er ist ein bedeutender Mann, der die meiste Zeit im Büro verbringt und wie ein General in seinem Stabsquartier eine kleine Armee von Polizisten, Inspektoren und Spezialisten befehligt.

Maigret hatte sich aber nie damit arrangieren können. Wie einen Jagdhund drängte es ihn, selbst die Spur zu verfolgen, zu scharren und die Fährte aufzunehmen.

An den beiden ersten Tagen hatte Lechat beträchtliche Arbeit geleistet und Maigret eine Niederschrift aller Verhöre übergeben. Die ganze Insel hatte er verhört, die Morins und die Gallis, den kranken Arzt, den Pfarrer, den Maigret noch nie gesehen hatte, und obendrein die Frauen. Maigret hätte sich gern in eine Ecke des Schankraums gesetzt, die den ganzen Morgen über frei geblieben war, um die Protokolle genau zu studieren und dies und jenes mit Blau- oder Rotstift anzustreichen.

Leicht verlegen fragte er Mr Pyke:

»Kommt es vor, dass Ihre Kollegen von Scotland Yard gelegentlich wie Amateure durch die Straßen laufen?«

»Ich kenne mindestens drei oder vier Kollegen, die man nie in ihren Büros sieht.«

Umso besser, denn er hatte keine Lust, hier sitzen zu bleiben. Er begann zu begreifen, warum man die Bewohner von Porquerolles immer an denselben Orten antraf. Es war eine Art Instinkt. Man war unwillkürlich der Sonne und der Landschaft ausgeliefert. Jetzt zum Beispiel taten Maigret und sein Begleiter ziellos einige Schritte und merkten dabei kaum, dass sie zum Hafen hinunterliefen.

Für Maigret stand fest, dass, wenn er zufällig den Rest seiner Tage auf dieser Insel verbringen müsste, er jeden Morgen den gleichen Spaziergang machen würde, und die Pfeife, die er dabei rauchte, wäre die beste des ganzen Tages.

Die Cormoran hatte jetzt die Spitze von Giens erreicht. Die Passagiere gingen von Bord und stiegen in einen alten Autobus. Selbst mit bloßem Auge war das Schiff noch als ein winziger weißer Punkt zu erkennen.

Der Stumme lud Kisten mit Gemüse und Obst für den Laden des Bürgermeisters ein, Fleisch für den Metzger und Postsäcke. Vielleicht gingen auch neue Passagiere an Bord, wie Maigret und Mr Pyke am Tag zuvor. Sie würden wahrscheinlich ebenso überwältigt sein von der Unterwasserwelt am Meeresgrund. Die Matrosen auf der großen weißen Jacht schrubbten das Deck. Es waren Männer mittleren Alters, die hin und wieder bei Morin-Barbu einen Schnaps tranken, ohne jedoch mit den Einheimischen in Kontakt zu treten.

Rechts vom Hafen führte ein Pfad die Steilküste empor und endete an einer Hütte, deren Tür offen stand. Ein Fischer saß auf der Schwelle, hielt mit den nackten Zehen ein ausgespanntes Netz fest, und seine Hände, flink wie die einer Näherin, fuhren mit Nadel und Faden durch die Maschen.

Dort war Marcellin ermordet worden. Die beiden Kriminalbeamten warfen einen Blick in die Hütte. In der Mitte stand ein riesiger Kessel, wie jene, die man auf dem Land zum Kochen des Schweinefutters benutzt. Hier wurden darin die Netze ausgekocht, in einer bräunlichen Flüssigkeit, die sie gegen das Salzwasser schützte.

Alte Segel schienen Marcellin als Schlafstatt gedient zu haben. In den Ecken standen Farbtöpfe, Öl- und Petroleumkannen, geflickte Ruder, und es lag allerlei Eisengerümpel herum.

»Schlafen hier manchmal auch andere?«, fragte Maigret den Fischer.

Der Mann sah ihn gleichgültig an.

»Der alte Benoît gelegentlich, wenn es regnet.«

»Und wenn es nicht regnet?«

»Er schläft lieber draußen. Wie es gerade kommt. Mal irgendwo am Strand oder an Deck eines Schiffes. Hin und wieder auch auf einer Bank auf dem Dorfplatz.«

»Haben Sie ihn heute gesehen?«

»Er war vorhin dort.«

Der Fischer deutete auf den Pfad, der etwas höher gelegen weiter die Küste entlang führte und auf einer Seite von Kiefern gesäumt war.

»War er allein?«

»Ich glaube, er hat den Herrn, der in der Arche wohnt, ein Stück weiter oben getroffen.«

»Welchen Herrn?«

»Den mit dem Leinenanzug und der weißen Mütze.«

Es war Charlot.

»Ist er hier wieder vorbeigekommen?«

»Ja, vor einer guten halben Stunde.«

Die Cormoran war noch immer ein weißer Punkt im unendlichen Blau, aber dieser weiße Punkt hatte sich jetzt sichtbar vom Ufer gelöst. Andere Schiffe waren hier und dort auf dem Wasser verstreut. Einige schienen stillzuliegen, andere trieben langsam dahin und zogen eine glitzernde Spur hinter sich her.

Maigret und Mr Pyke gingen zum Hafen hinunter und spazierten wie am Abend zuvor die Mole entlang, wobei sie unwillkürlich einem Jungen zuschauten, der seine kurze Angelschnur nach Seeaalen auswarf.

Als sie an dem kleinen Boot des Holländers vorbeikamen, spähte Maigret flüchtig hinein und war ein wenig überrascht, Charlot im Gespräch mit de Greef zu sehen.

Mr Pyke ging immer noch stumm hinter ihm her. Wartete er darauf, dass sich irgendetwas ereignete? Versuchte er, Maigrets Gedanken zu erraten?

Sie gingen bis zum Ende der Mole, kehrten dann um, kamen wieder an der Fleur d'amour vorbei, und Charlot stand noch immer an derselben Stelle.

Drei Mal gingen sie die hundert Meter lange Mole auf und ab, und beim dritten Mal verließ Charlot gerade die Kajüte der kleinen Jacht, drehte sich um, um sich zu verabschieden, und betrat dann das Brett, das als Steg diente.

Die beiden Männer waren jetzt ganz in seiner Nähe. Sie mussten einander begegnen. Nach kurzem Zögern blieb Maigret stehen. Um diese Zeit musste der Autobus aus Giens in Hyères ankommen. Die Trauergesellschaft würde dann noch einen Schnaps trinken, bevor sie sich zur Leichenhalle begab.

»Sagen Sie mal, ich habe Sie schon den ganzen Morgen gesucht.«

»Wie Sie feststellen können, habe ich die Insel nicht verlassen.«

»Gerade deswegen möchte ich mit Ihnen sprechen. Es besteht kein Grund, Sie hier festzuhalten. Sie haben mir, glaube ich, gesagt, Sie seien nur für zwei oder drei Tage gekommen und wären, wenn Marcellin nicht ermordet worden wäre, schon wieder abgereist. Der Inspektor hielt es für angemessen, Sie nicht fahren zu lassen. Ich gebe Ihnen Ihre Freiheit zurück.«

»Besten Dank.«

»Ich bitte Sie nur, mir zu sagen, wo ich Sie erreichen kann.«

Charlot, der eine Zigarette rauchte, blickte nachdenklich auf die Glut.

»In der Arche«, sagte er schließlich.

»Sie fahren nicht weg?«

»Im Augenblick nicht.«

Er hob den Kopf und blickte dem Kommissar fest in die Augen.

»Wundert Sie das? Es scheint Sie sogar zu verstimmen, dass ich hierbleibe. Ich nehme an, das ist mir erlaubt?«

»Ich kann Sie nicht daran hindern. Ich gebe zu, dass ich neugierig bin zu erfahren, was Sie plötzlich bewogen hat, Ihre Absicht zu ändern.«

»Ich habe keinen Beruf, der mich besonders fordert. Kein Büro, keine Fabrik, kein Geschäft, keine Angestellten oder Arbeiter, die mich erwarten. Finden Sie nicht, dass es sich hier ganz gut leben lässt?«

Er versuchte nicht, die Ironie seiner Worte zu verbergen. Der Bürgermeister, immer noch im langen grauen Kittel, kam, seinen Handkarren vor sich herschiebend, zum Hafen herunter. Der Hausdiener vom Grand Hôtel war ebenfalls da und auch der Briefträger mit Dienstmütze.

Die Cormoran befand sich jetzt genau auf der Mitte der Strecke und würde in einer Viertelstunde die Anlegestelle erreichen.

»Sie haben ein längeres Gespräch mit dem alten Benoît geführt?«

»Als ich Sie vorhin bei der Hütte gesehen habe, dachte ich mir schon, dass Sie mich das fragen würden. Sie werden Benoît auch vernehmen, ich

150

kann Sie nicht daran hindern. Aber ich kann Ihnen im Voraus sagen, dass er nichts weiß. Wenigstens glaube ich, das verstanden zu haben, denn er spricht ein so merkwürdiges Kauderwelsch. Aber vielleicht haben Sie mehr Glück als ich.«

»Suchen Sie irgendetwas?«

»Vielleicht dasselbe wie Sie.«

Es war fast eine Herausforderung, die ihm Charlot da seelenruhig ins Gesicht schleuderte.

»Wie kommen Sie darauf, dass Sie das interessieren könnte? Hat Marcellin Ihnen etwas erzählt?«

»Nicht mehr als den anderen. Er war immer ein wenig verlegen mir gegenüber. Halbstarke wie er fühlen sich vor denen, die ihr Handwerk verstehen, nie ganz wohl in ihrer Haut.«

Später würde er Mr Pyke erklären müssen, was Charlot damit gemeint hatte. Man konnte ihm förmlich dabei zusehen, wie er die Wörter in die dafür vorgesehenen Fächer in seinem Hirn einsortierte.

Maigret ging auf den leichten Ton ein, ganz so als spräche man über irgendwelche Banalitäten.

»Wissen Sie, warum Marcellin ermordet worden ist, Charlot?«

»Ich weiß darüber ungefähr so viel wie Sie. Und ich ziehe wahrscheinlich dieselben Schlüsse daraus, aber zu anderen Zwecken.«

Er lächelte und blinzelte in die Sonne.

»Hat Jojo mit Ihnen gesprochen?«

»Mit mir? Hat man Ihnen nicht gesagt, dass wir wie Hund und Katze sind?«

»Haben Sie ihr etwas getan?«

»Sie hat nicht gewollt. Und eben darum können wir uns nicht ausstehen.«

»Ich überlege, Charlot, ob es nicht besser wäre, wenn Sie nach Pont du Las zurückfahren.«

»Ich danke Ihnen für den guten Rat, aber ich bleibe lieber hier.«

Ein Ruderboot stieß von der North Star ab: Es war Moricourt, der ruderte. Er war allein in dem Boot. Wahrscheinlich kam er wie die anderen zur Ankunft der Cormoran und würde anschließend zum Postamt hinaufgehen.

Charlot, der in dieselbe Richtung sah wie Maigret, schien ebenso dessen Gedanken zu folgen. Als der Kommissar sich zu dem Schiff des Holländers umgedreht hatte, sagte Charlot: »Das ist ein komischer Vogel, aber ich glaube nicht, dass er es war.«

»Sprechen Sie von Marcellins Mörder?«

»Man kann Ihnen aber auch nichts vorenthalten. Ich sage Ihnen eines: Der Mörder an sich interessiert mich überhaupt nicht. Nur, außer bei einer Schlägerei tötet man doch niemanden ohne Grund, nicht wahr? Und schon gar nicht, wenn derjenige herumposaunt, Kommissar Maigret sei sein Freund.«

»Waren Sie in der Arche, als Marcellin von mir gesprochen hat?«

»Alle waren da, ich meine, alle, mit denen Sie sich gerade beschäftigen. Und Marcellin polterte gern lauthals los, besonders wenn er ein paar Gläser gekippt hatte.«

»Wissen Sie, warum er das gerade an dem Abend sagte?«

»Sie haben ins Schwarze getroffen! Stellen Sie sich vor, das war die erste Frage, die ich mir gestellt habe, als ich von seinem Tod erfuhr. An wen hat der arme Kerl seine Worte gerichtet? Verstehen Sie?«

Maigret verstand vollkommen.

»Haben Sie eine zufriedenstellende Antwort gefunden?«

»Noch nicht. Hätte ich sie gefunden, würde ich mit dem nächsten Schiff nach Pont du Las zurückkehren.«

»Es ist mir neu, dass Sie den Privatdetektiv geben.«

»Sie scherzen, Herr Kommissar.«

Beharrlich und mit harmloser Miene versuchte Maigret, mehr aus Charlot herauszukriegen. Es war ein seltsames Spiel, dort auf der sonnenbeschienenen Mole, mit dem strengen Mr Pyke als neutralem Schiedsrichter.

»Sie gehen jedenfalls davon aus, dass Marcellin nicht ohne Grund ermordet worden ist.«

»Ja, so ist es.«

»Sie vermuten, dass sein Mörder etwas in seinen Besitz bringen wollte, das Marcellin gehörte.«

»Das vermuten wir beide nicht, weder Sie noch ich, sonst wäre Ihr Ruf nämlich weiß Gott übertrieben.«

»Man hat ihn zum Schweigen bringen wollen?«

»Heiß, Kommissar.«

»Hatte er etwas entdeckt, das jemanden in Gefahr brachte?«

»Warum wollen Sie unbedingt wissen, was ich denke? Sie wissen doch genauso viel wie ich.«

»Auch über den ›Haufen Kohle‹?«

»Auch über den ›Haufen Kohle‹.«

Charlot zündete sich eine neue Zigarette an und fügte hinzu:

»Kohle hat mich immer interessiert. Wissen Sie jetzt Bescheid?«

»Deswegen haben Sie heute Morgen den Holländer besucht?«

»Der ist arm wie eine Kirchenmaus.«

»Soll das bedeuten, dass er nichts damit zu tun hat?«

»Das habe ich nicht gesagt. Ich meine nur, Marcellin konnte nicht darauf hoffen, dass bei ihm etwas zu holen war.«

»Sie vergessen das Mädchen.«

»Anna?«

»Ihr Vater ist sehr reich.«

Charlot dachte einen Augenblick nach, zuckte dann aber nur mit den Schultern. Die Cormoran fuhr an der ersten Felszunge vorbei und in den Hafen ein.

»Erlauben Sie? Ich erwarte vielleicht jemanden.«

Und Charlot tippte ironisch mit zwei Fingern an seine Mütze und ging auf die Anlegestelle zu. Während Maigret sich eine Pfeife stopfte, sagte Mr Pyke:

»Ich glaube, der Kerl ist sehr intelligent.«

»Sonst bringt man es in seinem Beruf auch nicht weit.«

Der Hausdiener vom Grand Hôtel griff nach dem Gepäck eines jungen Paares, das sich offensichtlich auf Hochzeitsreise befand. Der Bürgermeister, der an Bord gegangen war, prüfte die Etiketten der Kisten. Charlot half einer jungen Frau an Land und geleitete sie zur Arche. Er hatte also wirklich jemanden erwartet. Bestimmt hatte er am Tag zuvor telefoniert.

Von wo hatte eigentlich Inspektor Lechat zwei Tage zuvor angerufen, um Maigret über den Mord zu informieren? In der Arche, wo der Apparat dicht bei der Theke an der Wand hing, hätten es alle gehört. Maigret durfte nicht vergessen, ihn danach zu fragen. Der Zahnarzt war auch wieder da. Genauso gekleidet wie am Morgen, unrasiert, vielleicht nicht einmal gewaschen, einen alten Strohhut auf dem Kopf. Er sah sich die Cormoran an, und das genügte ihm offenbar. Er schien sich seines Lebens zu freuen. Würden Maigret und Mr Pyke den anderen folgen und langsam zur Arche hinaufschlendern, sich an die Theke stellen und das Glas Weißwein trinken, das man ihnen unaufgefordert servierte?

Der Kommissar blickte seinen Begleiter verstohlen an, und Mr Pyke schien ihn, obwohl sich nichts in seinem Gesicht regte, ebenfalls zu beobachten. Warum sollten sie es schließlich anders machen als die anderen? Marcellins Beerdigung fand in Hyères statt. Ginette vertrat die Familie und würde unmittelbar hinter dem Sarg hergehen. Bestimmt betupfte sie sich mit ihrem zusammengeknüllten Taschentuch das Gesicht, denn es herrschte eine drückende Hitze in den von Palmen gesäumten Straßen. Und kein Windhauch war zu spüren.

»Mögen Sie den hiesigen Weißwein, Monsieur Pyke?«

»Ja, ich würde gern ein Glas trinken.«

Der Briefträger schob seinen Karren, auf dem sich die Postsäcke türmten, über den leeren Platz. Als Maigret den Kopf hob, sah er, dass die Fenster der Arche weit offen standen, und in einem von ihnen lehnte Charlot. Hinter ihm, im Halbschatten, streifte eine junge Frau gerade ihr Kleid über den Kopf.

»Er hat viel geredet, und ich möchte wissen, ob er mir nicht noch mehr sagen möchte.«

Das würde schon noch kommen. Leute wie Charlot können dem Verlangen, sich in Szene zu setzen, kaum widerstehen. Als Maigret und Mr Pyke sich auf der Terrasse niederließen, erblickten sie Monsieur Emile. Mehr denn je glich er einer weißen Maus, die mit einem Panamahut auf dem Kopf über den Platz trippelte und dann schräg zur Post abbog, die ganz oben zur Linken der Kirche lag. Die Tür stand offen. Vier oder fünf Leute warteten, während das Postfräulein die Briefe sortierte.

Es war Samstag. Jojo schrubbte die roten Fliesen im Schankraum. Sie war barfuß, und ein Rinnsal schmutzigen Wassers rann auf die Terrasse.

Statt zwei Gläsern Weißwein brachte Paul eine ganze Flasche.

»Kennen Sie die Frau, die mit Charlot hinaufgegangen ist?«

»Das ist seine Freundin.«

»Arbeitet sie für ihn?«

»Ich glaube nicht. Sie ist so etwas wie eine Tänzerin oder Sängerin in einem Marseiller Nachtlokal. Es ist das dritte oder vierte Mal, dass sie herkommt.«

»Hat er mit ihr telefoniert?«

»Gestern Nachmittag, während Sie auf Ihrem Zimmer waren.«

»Wissen Sie, was er zu ihr gesagt hat?«

»Er hat sie nur gebeten, übers Wochenende herzukommen. Sie war gleich dazu bereit.«

»Waren Charlot und Marcellin Freunde?«

»Ich kann mich nicht erinnern, sie zusammen gesehen zu haben, ich meine, beide ganz allein.«

»Denken Sie mal genau nach. An dem Abend, als Marcellin von mir gesprochen hat …«

»Ich verstehe, was Sie sagen wollen. Ihr Inspektor hat mir die gleiche Frage gestellt.«

»Zu Beginn des Abends saßen die Gäste gewiss an verschiedenen Tischen, wie gestern Abend.«

»Ja. So fängt es immer an.«

»Wissen Sie, was dann passiert ist?«

»Jemand hat das Grammophon angestellt, ich weiß aber nicht mehr, wer. Ich erinnere mich nur, dass Musik gemacht wurde. Der Holländer und seine Freundin haben getanzt. Das fällt mir wieder ein, weil ich bemerkt habe, dass er sie wie eine Stoffpuppe in seinen Armen schwenkte.«

»Hat sonst noch jemand getanzt?«

»Mrs Wilcox und Monsieur Philippe. Er ist ein sehr guter Tänzer.«

»Wo war Marcellin zu der Zeit?«

»Ich glaube, an der Theke.«

»War er sehr betrunken?«

»Nicht sehr, aber es reichte. Warten Sie, da fällt mir noch etwas ein. Er wollte unbedingt mit Mrs Wilcox tanzen …«

»Marcellin?«

War es Zufall, dass Mr Pyke abwesend wirkte, sobald man von seiner Landsmännin sprach?

»Hat sie es getan?«

»Sie haben ein paar Schritte getanzt. Marcellin ist ein wenig gestrauchelt. Er spielte gern den Clown, wenn viele Leute da waren. Sie hat dann die erste Runde spendiert. Ja, auf ihrem Tisch stand eine Flasche Whisky. Sie schätzt es nicht, wenn man ihr glasweise serviert. Marcellin hat davon getrunken und dann Weißwein verlangt.«

»Und der Major?«

»An den denke ich auch gerade. Er hielt sich in der gegenüberliegenden Ecke auf. Ich überlege gerade, mit wem er da war. Ich glaube, es war Polyte.«

»Wer ist Polyte?«

»Einer von den Morins. Ihm gehört das grüne Schiff. Im Sommer fährt er Touristen um die Insel. Er trägt so eine Mütze wie die Kapitäne der großen Überseedampfer.«

»Ist er denn Kapitän?«

»Er hat in der Marine gedient und scheint es bis zum Maat gebracht zu haben. Er begleitet den Major oft nach Toulon. Der Zahnarzt trank mit den beiden. Marcellin ist mit seinem Glas von einem Tisch zum anderen gegangen, und wenn ich mich nicht täusche, hat er sich den Weißwein mit Whisky gemischt.«

»Wie ist er darauf gekommen, von mir zu sprechen? Und mit wem? Saß er da gerade an dem Tisch des Majors oder an dem von Mrs Wilcox?«

»Ich gebe mein Bestes, mich an alles zu erinnern. Sie haben ja selbst gesehen, wie es hier zugeht, und gestern Abend war es noch ruhig. Die Holländer saßen bei Mrs Wilcox. Ich glaube, an dem Tisch hat die Unterhaltung begonnen. Marcellin stand mitten im Raum, als er sehr laut sagte: ›Mein Freund, der Kommissar Maigret … Ja, allerdings, mein Freund. Ich weiß, was ich sage … Ich kann es beweisen …‹«

»Hat er einen Brief gezeigt?«

»Nicht, dass ich wüsste. Ich musste mit Jojo zusammen bedienen.«

»War Ihre Frau im Saal?«

»Ich glaube, sie war schon hinaufgegangen. Sie geht immer hinauf, sobald sie mit der Abrechnung fertig ist. Sie ist nicht sehr kräftig und braucht viel Schlaf.«

»Jedenfalls halten Sie es für möglich, dass Marcellin sich dabei ebenso an Major Bellam, Mrs Wilcox oder den Holländer gewandt hat? Oder sogar an Charlot oder irgendeinen anderen. Den Zahnarzt zum Beispiel oder Monsieur Emile.«

»Ja, ich glaube schon.«

Der Wirt wurde drinnen verlangt, entschuldigte sich und zog sich zurück. Die Leute, die aus dem Postamt kamen, überquerten den sonnigen Platz, auf dem in einer Ecke eine Frau hinter einem Tisch stand, auf dem sie Gemüse zum Verkauf ausgebreitet hatte. Der Bürgermeister lud neben der Arche seine Kisten ab.

»Sie werden am Telefon verlangt, Monsieur Maigret.« Er ging in das dämmerige Lokal hinein und nahm den Hörer.

»Sind Sie es, Chef? Hier ist Lechat. Die Beerdigung ist vorbei. Ich bin hier in einem Lokal in der Nähe des Friedhofs. Die betreffende Dame ist bei mir. Sie weicht mir seit der Überfahrt nicht von der Seite und hat mir schon ihr ganzes Leben erzählt.«

»Wie war denn das Begräbnis?«

»Sehr schön. Sie hat Blumen gekauft. Und andere Leute von der Insel haben auch welche am Grab niedergelegt. Auf dem Friedhof war es sehr heiß. Ich weiß nicht, was ich tun soll. Ich glaube, ich muss sie zum Mittagessen einladen.«

»Kann sie dich hören?«

»Nein. Ich bin in einer Telefonzelle. Ich sehe sie durch die Scheibe. Sie pudert sich gerade und betrachtet sich dabei in einem kleinen Spiegel.«

»Hat sie jemanden getroffen? Oder telefoniert?«

»Sie hat mich nicht eine Sekunde alleine gelassen. Ich musste sie sogar in den Blumenladen begleiten, und wie ich da hinter dem Sarg neben ihr herschritt, hat sicher so mancher gedacht, ich gehöre zur Familie.«

»Ist sie von Giens nach Hyères mit dem Autobus gefahren?«

»Ich konnte nicht anders, als sie aufzufordern, in meinem Wagen mitzufahren. Wie läuft es auf der Insel?«

»Gut.«

Als Maigret wieder auf die Terrasse zurückkam, fand er dort den Zahnarzt vor, der sich neben Mr Pyke gesetzt hatte und offensichtlich von der Flasche Weißwein mittrinken wollte.

Philippe de Moricourt, einen Stoß Zeitungen unterm Arm, zögerte, in die Arche zu gehen. Monsieur Emile strebte langsam seiner Villa zu, wo ihn die alte Justine erwartete, und wie alle Tage roch es aus der Küche nach Bouillabaisse.

7

Der Nachmittag
auf dem Postamt

Aglaé war kein Spitzname. Das Mädchen hat ihn sich nicht ausgesucht. Es war tatsächlich auf den Namen Aglaé getauft. Aglaé war sehr dick, besonders an Po und Hüften, und hatte das Unförmige einer Fünfzig- oder Sechzigjährigen, die im Alter aufgegangen ist wie ein Hefeteig. Ihr Gesicht dagegen wirkte eher kindlich, denn Aglaé war höchstens sechsundzwanzig Jahre alt.

Maigret hatte an diesem Nachmittag, als er – immer in Begleitung von Mr Pyke – auf dem Weg zur Post den Platz zum ersten Mal bis zum anderen Ende abgeschritten hatte, ein ganzes Viertel von Porquerolles entdeckt. Drang aus der kleinen Kirche, in der doch gewiss nicht allzu oft eine Messe gelesen wurde, tatsächlich der Geruch von Weihrauch?

Es war derselbe Platz, an dem die Arche lag, und dennoch hätte man schwören können, dass die Luft weiter oben viel heißer und drückender war. In den Gärtchen vor zwei oder drei Häusern wimmelte es von Blumen und Bienen. Die Geräusche vom Hafen klangen nur gedämpft herauf. Zwei alte Männer spielten Boule, genauer gesagt Pétanque, bei dem man die nagelbeschlagenen Kugeln höchstens ein paar Meter weit wirft. Es war ein kurioser Anblick, wie sich die beiden vorsichtig nach den Kugeln bückten.

Der eine war Ferdinand Galli, der Patriarch aller Gallis der Insel. Er hatte an dieser Ecke des Platzes ein Café. Der Kommissar hatte noch nie gesehen, dass es jemand betrat. Es schien nur von Nachbarn oder der großen Sippe der Gallis besucht zu werden. Sein Spielpartner war ein schmucker Pensionär, stocktaub und mit einer Eisenbahnermütze. Ein anderer Achtzigjähriger saß auf der Bank vor der Post und sah den beiden dösend zu.

Und auf jener grün gestrichenen Bank, die neben der offenen Tür der Post stand, sollte Maigret einen Teil des Nachmittags verbringen.

»Ich habe mich schon gefragt, wann Sie endlich einmal hierherkommen würden!«, hatte Aglaé gerufen, als sie ihn eintreten sah. »Ich habe mir schon gedacht, dass Sie telefonieren müssen und das nicht gern von der Arche aus tun würden, wo die Leute jedes Wort mitbekommen.«

»Wird es lange dauern, bis Sie Paris in der Leitung haben, Mademoiselle?«

»Wenn Sie ein dringendes Gespräch anmelden, haben Sie die Verbindung in ein paar Minuten.«

»Gut, dann verlangen Sie die Kriminalpolizei.«

»Die Nummer weiß ich bereits. Ich habe nämlich Ihren Inspektor verbunden, als er Sie angerufen hat.«

Er hätte fast gefragt: ›Und haben Sie mitgehört?‹ Aber sie würde ihn bald von ganz allein darüber informieren.

»Mit wem wollen Sie bei der Kriminalpolizei sprechen?«

»Mit Inspektor Lucas, und wenn er nicht da ist mit Inspektor Torrence.«

Ein paar Augenblicke später war Lucas am anderen Ende der Leitung.

»Na, wie ist denn das Wetter bei euch? Regnet es immer noch? ... Es gießt?! Nun also, Lucas, hör mal zu. Ich brauche sofort nähere Auskünfte über einen gewissen Philippe de Moricourt. Ja. Lechat hat seine Papiere gesehen und behauptet, das sei sein richtiger Name. Zuletzt hat er in Paris in einer Pension in der 17 bis, Rue Jacob, am linken Seineufer gewohnt ... Was ich vor allem wissen will? Ich habe keine bestimmte Vorstellung. Alles, was du herauskriegen kannst. Ich glaube nicht, dass er in der Kartei steht, aber du kannst mal nachfragen. Erledige alles so weit wie möglich telefonisch und ruf mich dann an. Du brauchst keine Nummer zu verlangen. Porquerolles, das genügt. Ruf bitte auch die Polizei von Ostende an. Frag, ob sie dort einen Bebelmans kennen. Soviel ich weiß, ist er ein bedeutender Reeder. Sieh zu, dass du auch da so viel wie möglich herausbekommst. Aber das ist noch nicht alles.

Noch nicht trennen, Mademoiselle.

Hast du Verbindungen in Montparnasse? Informier dich dort über einen Jef de Greef, der mehr oder weniger Maler ist und eine Zeit lang auf seinem Schiff gelebt hat, das in der Nähe des Pont-Marie vor Anker lag. Hast du dir Notizen gemacht? … Das ist alles, ja. Aber ruf mich nicht erst wieder an, wenn du alle Informationen hast. Du kannst dir so viel Leute zu Hilfe nehmen, wie du willst. Ist im Büro alles in Ordnung? … Wer hat ein Kind bekommen? … Janviers Frau? … Übermittle ihm meine besten Wünsche.«

Als er aus der Kabine heraustrat, sah er, wie Aglaé seelenruhig, ohne eine Spur von Verlegenheit, den Kopfhörer abnahm.

»Hören Sie immer die Gespräche mit?«

»Ich bin am Apparat geblieben für den Fall, dass die Verbindung getrennt würde. Ich traue nämlich der Beamtin in Hyères nicht. Sie ist ein altes Biest.«

»Machen Sie das bei allen so?«

»Morgens habe ich wegen der Post keine Zeit dazu. Nachmittags geht es schon eher.«

»Notieren Sie alle Telefongespräche, die von den Inselbewohnern geführt werden?«

»Dazu bin ich verpflichtet.«

»Könnten Sie mir eine Liste aller Verbindungen geben, die Sie in den letzten Tagen, sagen wir in den letzten acht, hergestellt haben?«

»Wenn Sie sich ein paar Minuten gedulden, können Sie sie haben.«

»Sie nehmen auch die Telegramme an, nicht wahr?«

»Es wird hier nur wenig telegrafiert, außer in der Saison. Ich habe heute Morgen eins gehabt, das Sie sicherlich interessieren wird.«

»Woher wissen Sie das?«

»Der Absender des Telegramms ist jemand, der sich zumindest für eine der Personen, über die Sie eben Auskünfte erbeten haben, zu interessieren scheint.«

»Haben Sie eine Kopie?«

»Ich suche sie Ihnen heraus.«

Kurz darauf reichte sie dem Kommissar ein Formular, und er las:

Fred Masson, bei Angelo, Rue Blanche, Paris.
Erbitte genaue Informationen über Philippe de Moricourt, Adresse Rue Jacob, Paris. Stopp. Telegrafiert Porquerolles. Gruß.

Charlot.

Maigret zeigte das Telegramm Mr Pyke, der nur den Kopf schüttelte.

»Erstellen Sie mir bitte eine Liste der Anrufe, Mademoiselle. Ich warte mit meinem Freund draußen.«

Sie traten auf den Platz hinaus und setzten sich nun zum ersten Mal auf die Bank im Schatten der Eukalyptusbäume. Die Wand in ihrem Rücken war rosafarben und strahlte Wärme ab. Irgendwo in der Nähe musste ein Feigenbaum stehen. Sie konnten ihn nicht sehen, aber sein süßlicher Duft zog zu ihnen herüber.

»Ich werde Sie gleich bitten müssen«, sagte Mr Pyke mit einem Blick auf die Kirchturmuhr, »mir zu gestatten, Sie für einen Augenblick zu verlassen, vorausgesetzt, dass es Ihnen recht ist.«

Tat er nur aus Höflichkeit so, als könnte es Maigret nicht recht sein?

»Der Major hat mich auf fünf Uhr zu einem Glas in seine Villa eingeladen. Es wäre eine Beleidigung gewesen, wenn ich abgelehnt hätte.«

»Aber ich bitte Sie, das ist doch selbstverständlich.«

»Ich habe angenommen, Sie würden sehr beschäftigt sein.«

Er hatte kaum Zeit gefunden, seine Pfeife zu rauchen und dabei den beiden alten Boulespielern zuzusehen, als Aglaé mit schriller Stimme hinter ihrem Schalter hervorrief:

»Monsieur Maigret, die Liste ist fertig!«

Er holte sich das Blatt und setzte sich wieder neben Mr Pyke. Sie hatte ihre Arbeit gewissenhaft verrichtet. Die Liste war in einer sauberen Schülerschrift geschrieben. Es fanden sich nur drei oder vier Rechtschreibfehler darin.

Das Wort *Metzger* kam mehrmals in der Liste vor. Anscheinend telefonierte er jeden Tag nach Hyères, um Fleisch für den nächsten Tag zu bestellen. Ebenso häufig waren die Anrufe des Gemischtwarenladens, aber sie galten verschiedenen Nummern. Maigret zog etwas unterhalb der Mitte der Liste einen Strich und trennte so die Anrufe vor Marcellins Tod von denen danach.

»Machen Sie sich Notizen?«, fragte Mr Pyke, als er sah, wie der Kommissar ein dickes Notizbuch aufschlug.

Sollte das eine Anspielung darauf sein, dass Maigret offensichtlich zum ersten Mal wie ein richtiger Kommissar arbeitete?

Der Name, der am häufigsten auf der Liste vorkam, war Justine. Sie rief in Nizza, Marseille, Béziers und Avignon an und hatte außerdem in einer Woche allein vier Gespräche mit Paris geführt.

»Lassen Sie uns die Liste später durchgehen«, sagte Maigret. »Mademoiselle Aglaé hat wohl alles genau abgehört. Ist das in England auch so?«

»Ich glaube nicht, dass das erlaubt ist, aber möglicherweise kommt es vor.«

Am Tag zuvor hatte Charlot mit Marseille telefoniert. Das wusste Maigret schon. Charlot hatte seine Freundin – die sie von der Cormoran hatten an Land gehen sehen und mit der er jetzt auf der Terrasse der Arche Karten spielte – telefonisch herbestellt.

Von hier aus hatte man einen guten Blick auf die Arche und die Gestalten, die dort umhergingen. Im Gegensatz zu der Stille hier oben wirkte das Treiben weiter unten wie das Gewimmel in einem Bienenstock.

Das Interessanteste war, dass Marcellins Name auf der Liste stand. Er hatte genau zwei Tage vor seinem Tod eine Nummer in Nizza angerufen.

Maigret sprang auf, ging in das Postamt hinein, und Mr Pyke folgte ihm.

»Wissen Sie, zu wem diese Nummer gehört, Mademoiselle?«

»Aber natürlich. Das ist die Nummer des Hauses, in dem die Dame arbeitet. Justine ruft dort täglich an: Sie können es auf der Liste feststellen.«

»Haben Sie Justines Gespräche abgehört?«

»Oft. Aber jetzt mache ich mir nicht mehr die Mühe, denn es ist doch immer dasselbe.«

»Spricht sie oder ihr Sohn?«

»Sie spricht, und Monsieur Emile hört.«

»Das verstehe ich nicht.«

»Sie ist beinahe taub. Also hat Herr Emile den

170

Hörer am Ohr und wiederholt für sie, was gesagt wurde. Und dann schreit sie so laut in den Apparat, dass man kaum ein Wort verstehen kann. Sie beginnt immer mit: ›Wie viel?‹ Man nennt ihr dann die Höhe der Einnahmen, und Monsieur Emile schreibt sie auf. Sie ruft nacheinander jedes ihrer Häuser an.«

»In Nizza meldet sich dann immer Ginette?«

»Ja. Sie leitet schließlich das Haus.«

»Und die Gespräche mit Paris?«

»Die sind nicht so häufig und immer mit einem gewissen Monsieur Louis. Er beschafft ihr nämlich Frauen. Er nennt das Alter und den Preis, und sie sagt Ja oder Nein. Manchmal feilscht sie wie ein Marktweib.«

»Ist Ihnen in ihren Gesprächen in der letzten Zeit irgendetwas Besonderes aufgefallen? Hat Monsieur Emile nicht auch mal telefoniert?«

»Das würde er, glaube ich, nicht wagen.«

»Erlaubt seine Mutter es ihm nicht?«

»Sie erlaubt ihm fast nichts.«

»Und Marcellin?«

»Darüber wollte ich gerade mit Ihnen sprechen. Er ist nur selten hergekommen, und dann auch nur, um die Geldüberweisungen abzuholen. Ich glaube, im ganzen Jahr hat er gerade mal drei Telefongespräche geführt.«

»Mit wem?«

»Einmal rief er in Toulon an, um ein Ersatzteil für den Motor seines Bootes zu bestellen. Ein anderes Mal in Nizza …«

»Ginette?«

»Er sagte ihr, dass er das Geld nicht bekommen habe. Er erhielt nämlich fast jeden Monat eine Postanweisung. Einmal hatte sie sich verschrieben. Die Summe in Buchstaben war nicht die gleiche wie die Summe in Zahlen, und darum konnte ich ihm den Betrag nicht auszahlen. Sie hat dann mit der nächsten Post eine neue Anweisung geschickt.«

»Wie lange ist das her?«

»Ungefähr drei Monate. Die Tür war geschlossen. Es muss also noch Winter gewesen sein.«

»Und der letzte Anruf?«

»Ich hörte ihn gerade wie gewöhnlich ab, da kam Madame Galli herein, um Briefmarken zu kaufen.«

»Hat das Gespräch lange gedauert?«

»Länger als sonst. Ich kann das leicht nachprüfen.«

Sie blätterte in ihrem Buch.

»Zweimal drei Minuten.«

»Sie haben den Anfang mitgehört? Was hat Marcellin gesagt?«

»Etwa Folgendes:

›Bist du es … Ich bin es, ja. Nein, es handelt sich nicht um Geld. Geld könnte ich kriegen, so viel ich wollte …‹«

172

»Hat sie nichts darauf gesagt?«

»Sie hat geflüstert:

›Du hast wieder mal getrunken, Marcel.‹

Er hat ihr geschworen, er sei fast nüchtern. Und dann hat er gesagt:

›Ich muss dich um etwas bitten … Habt ihr einen *Großen Larousse* im Haus?‹

Das ist alles, was ich gehört habe. In dem Augenblick kam Madame Galli herein, und mit der ist nicht gut Kirschen essen. Sie behauptet, die Beamten lebten nur von ihren Steuern, und will sich immerzu beschweren.«

»Da das Gespräch nur sechs Minuten gedauert hat, ist es unwahrscheinlich, dass Ginette die Zeit gehabt hat, im Lexikon nachzuschlagen, wieder an den Apparat zu kommen und Marcellin die gewünschte Auskunft zu geben.«

»Sie hat sie ihm telegrafisch geschickt. Hier, ich habe es Ihnen herausgesucht.«

Sie reichte ihm ein gelbes Formular, auf dem er las: *Gestorben 1890.* Und darunter die Unterschrift: *Ginette.*

»Da hätten Sie doch allerlei versäumt, wenn Sie nicht heraufgekommen wären, nicht wahr? Ich wäre nämlich nicht hinuntergekommen.«

»Haben Sie Marcellins Gesicht beobachtet, als er das Telegramm las?«

»Er hat es zwei oder drei Mal gelesen, um sich zu

vergewissern, dass es auch stimmte, und dann ist er pfeifend weggegangen.«

»Als ob er eine gute Nachricht erhalten hätte?«

»Genau so. Und auch, als ob er plötzlich jemanden bewunderte, denke ich.«

»Haben Sie gestern Charlots Gespräch abgehört?«

»Mit Bébé?«

»Wen meinen Sie damit?«

»Er nennt sie Bébé. Sie muss heute Morgen angekommen sein. Soll ich Ihnen seine Worte wiederholen? Er hat zu ihr gesagt:

›Geht's gut, Bébé? Mir geht's so lala, danke. Ich habe noch ein paar Tage hier zu tun und hätte Lust, mich ein bisschen mit dir zu amüsieren. Also komm rüber.‹«

»Und sie ist dann auch gekommen«, sagte Maigret. »Haben Sie schönen Dank für Ihre Mühe, Mademoiselle. Ich warte draußen auf der Bank mit meinem Freund auf den Anruf aus Paris.«

Eine Dreiviertelstunde schauten sie den Boulespielern zu. Das frisch vermählte Paar kam herauf, um Postkarten aufzugeben. Der Metzger erschien ebenfalls, um sein tägliches Gespräch mit Hyères zu führen. Mr Pyke blickte immer wieder zum Kirchturm. Manchmal setzte er an, etwas zu sagen, vielleicht eine Frage zu stellen, besann sich dann aber jedes Mal anders.

Eine angenehme Wärme umfing sie. Von Weitem konnten sie sehen, wie sich die Männer zur großen Boulepartie versammelten, die bis zum Aperitif oder Abendessen andauerte. Es waren etwa ein Dutzend Spieler, die sich über den ganzen Platz verteilten.

Der Zahnarzt spielte ebenfalls mit. Die Cormoran hatte abgelegt und war auf ihrem Weg zur Felsspitze von Giens, von wo sie Inspektor Lechat und Ginette zurückbringen würde.

Endlich rief Aglaé heraus: »Paris!«

Es war der brave Lucas, der gewiss, wie immer, wenn Maigret nicht da war, dessen Büro in Besitz genommen hatte. Durch das Fenster sah Lucas die Seine und den Pont Saint-Michel, während der Kommissar unwillkürlich zu Aglaé hinüberschaute.

»Ich habe bereits einen Teil der Auskünfte, Chef, und die aus Ostende erwarte ich jeden Augenblick. Womit soll ich anfangen?«

»Ganz gleich.«

»Also dann erst mal Moricourt. Das war nicht schwer. Torrence erinnerte sich an den Namen, weil er ihn einmal auf einem Buchdeckel gelesen hatte. Es ist tatsächlich sein richtiger Name. Sein Vater war Rittmeister und ist schon lange tot. Seine Mutter lebt in Saumur. Soviel ich erfahren konnte, haben sie kein Vermögen. Mehrmals hat Philippe sich um die Heirat mit einer reichen Erbin bemüht, aber jedes Mal ohne Erfolg.«

Aglaé hörte ohne jede Scham mit und zwinkerte Maigret durch die Glasscheibe zu, wenn ihr eine Bemerkung besonders zu gefallen schien.

»Er ist so was wie ein Schriftsteller, hat zwei Gedichtbände bei einem Verlag am linken Seineufer veröffentlicht. Er war häufig im Café de Flore anzutreffen, wo man ihn gut kannte. Gelegentlich hat er auch für verschiedene Zeitungen geschrieben. Interessiert Sie das alles?«

»Fahr nur fort.«

»Viel mehr weiß ich auch nicht. Ich habe alles telefonisch ermittelt, um keine Zeit zu verlieren. Aber jetzt ist jemand unterwegs, um weitere Informationen einzuholen. Heute Abend oder morgen kann ich Ihnen mehr Details liefern. Er ist übrigens niemals verklagt worden, genauer: ein Mal vor fünf Jahren. Die Anklage wurde jedoch wieder fallengelassen. Eine Dame, die in Auteuil wohnt – den Namen erfahre ich erst noch –, hatte ihm ein seltenes Werk zum Verkauf anvertraut und dann Monate nichts mehr von ihm gehört. Schließlich hat sie ihn angezeigt. Es kam heraus, dass er das Buch an einen Amerikaner verkauft hatte. Er hat versprochen, den Betrag in Monatsraten zurückzuzahlen. Zwar ist er immer mit zwei oder drei Raten im Rückstand geblieben, hat aber schließlich alles bezahlt.«

»Ist das alles?«

»So ungefähr. Sie kennen doch diese Typen. Immer gut gekleidet, immer korrekt.«

»Ältere Damen?«

»Nichts Eindeutiges. Was seine Beziehungen anging, war er offenbar immer sehr diskret.«

»Und der andere?«

»Wussten Sie, dass sie sich kennen? De Greef scheint ein ganz begabter Bursche zu sein. Manche behaupten sogar, wenn er wollte, könnte er einer der besten Maler seiner Generation sein.«

»Aber er will nicht?«

»Er verkracht sich mit jedem. Er hat eine junge Belgierin aus sehr gutem Hause entführt.«

»Ich weiß.«

»Als er nach Paris gekommen ist, hat er in einer kleinen Galerie in der Rue de Seine seine Bilder ausgestellt. Als aber am letzten Tag der Ausstellung noch nicht ein Bild verkauft war, hat er sie alle verbrannt. Manche behaupten, an Bord seines Schiffes hätten sich wahre Orgien abgespielt. Er hat mehrere erotische Werke illustriert, die man unter der Hand verkauft. Davon hat er hauptsächlich gelebt. So, das wär's, Chef. Ich warte jetzt auf den Anruf aus Ostende. Und wie geht es Ihnen da unten?«

Durch die Scheibe zeigte Mr Pyke Maigret seine Uhr. Es war fünf, und er machte sich auf den Weg zu der Villa des Majors.

Das versetzte den Kommissar in beste Laune, er geriet geradezu in Urlaubsstimmung.

»Hast du Janvier meine Glückwünsche übermittelt? Ruf meine Frau an, sie soll mal bei seiner vorbeischauen und ihr etwas mitbringen, Blumen oder sonst etwas, nur keinen silbernen Becher!«

Er war jetzt mit Aglaé allein, getrennt durch eine Gitterwand. Sie schien alles äußerst amüsant zu finden und gestand ohne die geringste Verlegenheit:

»Ich würde gern mal eins von den Büchern sehen. Glauben Sie, dass er welche davon an Bord hat?«

Und übergangslos fuhr sie fort:

»Merkwürdig, Ihr Beruf ist viel einfacher, als man denkt. Die Auskünfte kommen von allen Seiten. Glauben Sie, dass es einer von den beiden war?«

Auf ihrem Schreibtisch stand ein großer Strauß Mimosen. Daneben lag eine Tüte mit Bonbons, die sie dem Kommissar reichte.

»Hier passiert so selten etwas! Ich habe übrigens ganz vergessen, Ihnen zu sagen, dass Monsieur Philippe viel schreibt. Natürlich lese ich seine Briefe nicht. Er wirft sie in den Briefkasten, und ich erkenne sie an der Schrift und der Farbe. Er schreibt nämlich immer mit grüner Tinte, ich weiß nicht, warum.«

»An wen schreibt er?«

»Die Namen sind mir entfallen, aber die Briefe gehen fast alle nach Paris. Hin und wieder schreibt er auch an seine Mutter. Aber die Briefe nach Paris sind viel dicker.«

»Bekommt er auch viel Post?«

»Eine ganze Menge Briefe und Zeitschriften und Zeitungen. Es sind jeden Tag irgendwelche Drucksachen für ihn dabei.«

»Und Mrs Wilcox?«

»Sie schreibt auch viel, nach England, nach Capri, nach Ägypten, und bekommt auch von dort viel Post. An Ägypten erinnere ich mich vor allem deshalb, weil ich mir erlaubt habe, sie um die Marken für meinen Neffen zu bitten.«

»Telefoniert sie?«

»Zwei oder drei Mal hat sie hier in der Zelle telefoniert und jedes Mal mit London gesprochen. Leider verstehe ich kein Englisch.«

Gleich darauf sagte sie:

»Ich muss jetzt schließen. Ich hätte es eigentlich schon um fünf Uhr gemusst. Aber wenn Sie noch bleiben wollen, um auf Ihr Gespräch zu warten …«

»Was für ein Gespräch?«

»Hat Monsieur Lucas nicht gesagt, dass er Sie wegen Ostende noch einmal anrufen würde?«

Wahrscheinlich stellte sie für ihn keine Gefahr dar. Dennoch hielt es Maigret für richtiger, schon der Leute wegen, nicht zu lange mit ihr allein zu bleiben. Sie war die Neugier in Person. So fragte sie ihn:

»Rufen Sie Ihre Frau nicht an?«

Er sagte ihr, er sei auf dem Platz in der Nähe der Arche, falls man ihn anriefe, und schlenderte dann gemächlich, genüsslich seine Pfeife rauchend, zu den Boulespielern hinunter. Er brauchte nun nicht mehr auf seine Haltung zu achten, weil kein Mr Pyke da war, der ihn beobachtete. Am liebsten hätte er auch Boule gespielt, hatte sich sogar mehrfach nach den Spielregeln erkundigt.

Zu seinem größten Erstaunen stellte er fest, dass der Zahnarzt, den alle nur Léon nannten, geradezu ein Meisterspieler war. Auf zwanzig Meter traf er mit seiner Kugel die Kugel des Gegners mit solchem Schwung, dass sie weit weg rollte. Daraufhin gab er sich jedes Mal ganz bescheiden, als sei es das Natürlichste der Welt.

Der Kommissar ging in die Arche, um ein Glas Weißwein zu trinken, und fand dort Charlot, der mit dem Spielautomaten beschäftigt war, während seine Begleiterin auf der Bank saß und sich in eine Filmzeitschrift vertieft hatte. Ob sie sich schon amüsiert hatten?

»Wo ist denn Ihr Freund?«, fragte Paul verwundert.

Auch für Mr Pyke musste es sich wie Urlaub anfühlen. Er war in Gesellschaft eines anderen Engländers, konnte seine Sprache sprechen und Ausdrücke verwenden, die nur zwei Männer verstanden, die dasselbe College besucht hatten.

Jedes Mal, wenn die Leute Richtung Hafen vorbeiströmten, wusste man, dass die Cormoran bald ankommen würde. Es war ein wiederkehrendes Phänomen. Sobald das Schiff dann am Quai angelegt hatte, gab es eine Umkehrbewegung, und dieselben Leute, dazu die Neuankömmlinge mit ihren Koffern oder Taschen, strömten wieder zurück.

Maigret ließ sich von dem Strom mitreißen. Ganz in seiner Nähe schob der Bürgermeister wie immer seinen Handkarren zum Hafen. Sofort machte er Ginette und den Inspektor aus, die wie ein Pärchen an Deck standen. Auch mehrere Fischer kamen auf dem Schiff von der Beerdigung zurück, und zwei alte Jungfern, Touristinnen, die sich im Grand Hôtel eingemietet hatten.

In der Gruppe derjenigen, die die Passagiere der Cormoran empfingen, bemerkte er Charlot. Er hatte sich ihr ebenfalls angeschlossen und schien wie Maigret einem Ritual zu folgen, das ihm nichts bedeutete.

»Gibt es etwas Neues, Chef?«, fragte Lechat, kaum dass er an Land war. »Wenn Sie wüssten, wie verdammt heiß es da drüben ist.«

»Ist alles gut gegangen?«

Ginette stellte sich ganz selbstverständlich zu ihnen. Sie machte einen müden Eindruck. In ihren Augen lag eine gewisse Unruhe.

Sie machten sich alle drei auf den Weg zur Arche, und es war Maigret, als ob er schon seit Ewigkeiten täglich denselben Weg nähme.

»Haben Sie Durst, Ginette?«

»Ich würde gern einen Aperitif nehmen.«

Sie tranken ihn zusammen auf der Terrasse, und Ginette war jedes Mal verlegen, wenn sie Maigrets Blick auf sich ruhen fühlte. Er blickte sie träge und verträumt an, als sei er mit seinen Gedanken sehr weit weg.

»Ich gehe jetzt hinauf, um mich frisch zu machen«, sagte sie, nachdem sie ihr Glas geleert hatte.

»Darf ich Sie begleiten?«

Lechat, der spürte, dass etwas Neues in der Luft lag, versuchte zu erraten, was es sein könnte. Er wagte es nicht, seinen Chef danach zu fragen. Er blieb allein am Tisch sitzen, während Maigret hinter Ginette die Treppe hinaufstieg.

»Ich muss mich jetzt aber unbedingt umziehen«, sagte sie, als sie in ihrem Zimmer angelangt waren.

»Das geniert mich nicht.«

»Und wenn ich mich geniere?«, erwiderte sie mit gespielter Heiterkeit.

Sie setzte dennoch ihren Hut ab und zog ihr Kleid aus, nachdem Maigret ihr geholfen hatte, es am Rücken aufzuhaken.

»Das ist mir doch sehr nahegegangen«, seufzte sie. »Ich glaube, er war hier glücklich.«

Bestimmt hätte Marcellin mit den anderen in der untergehenden Sonne Boule gespielt.

»Alle waren so voller Anteilnahme. Man hat ihn so gern gemocht.«

Hastig streifte sie ihr Korsett ab, das sich tief in ihre weiße Haut eingedrückt hatte. Maigret drehte ihr währenddessen den Rücken zu und blickte durch die Dachluke hinaus.

»Erinnern Sie sich an die Frage, die ich Ihnen gestellt habe?«, sagte er beiläufig.

»Sie haben sie oft genug wiederholt. Ich hätte nie geglaubt, dass Sie so streng sein können.«

»Ich wiederum hätte nicht geglaubt, dass Sie versuchen würden, mir etwas zu verheimlichen.«

»Habe ich Ihnen etwas verheimlicht?«

»Ich habe Sie gefragt, warum Sie nach Porquerolles gekommen sind, obwohl Marcels Leiche schon in Hyères war.«

»Ich habe es Ihnen doch gesagt.«

»Sie haben mich angelogen.«

»Ich weiß nicht, wovon Sie reden.«

»Warum haben Sie mir nichts von dem Telefongespräch gesagt?«

»Von welchem Telefongespräch?«

»Von dem, das Marcellin am Tag vor seinem Tod mit Ihnen geführt hat.«

»Ich kann mich nicht erinnern.«

»Auch nicht an das Telegramm?«

183

Er brauchte sich gar nicht umzudrehen, um zu sehen, was diese Worte bei ihr bewirkten, und blickte weiterhin auf das Boulespiel auf dem Platz. Von der Terrasse drangen Stimmengemurmel und Gläserklirren herauf. Es war alles so friedlich und beruhigend, und obendrein war Mr Pyke nicht da. Als sie immer noch schwieg, fragte er:

»Woran denken Sie?«

»Ich denke darüber nach, dass es falsch von mir war. Das wissen Sie ganz genau.«

»Sind Sie fertig?«

»Ich muss nur noch mein Kleid anziehen.«

Er öffnete die Tür, um sich zu vergewissern, dass niemand im Flur war. Als er wieder ins Zimmer zurücktrat, war Ginette dabei, sich vor dem Spiegel zu frisieren.

»Haben Sie über den *Larousse* gesprochen?«

»Mit wem?«

»Ich weiß es nicht. Mit Monsieur Emile zum Beispiel oder mit Charlot?«

»So töricht bin ich nun auch wieder nicht.«

»Weil Sie gehofft hatten, an Marcels Stelle zu treten? Wissen Sie, Ginette, dass Sie äußerst gierig sind?«

»Das sagt man immer über Frauen, wenn sie versuchen, ihre Zukunft zu sichern. Und wenn sie aus Not, und nicht aus freien Stücken, einen bestimmten Beruf ausüben, fällt man über sie her.«

Sie klang plötzlich verbittert.

»Ich dachte, Sie wollten Monsieur Emile heiraten?«

»Aber erst nach Justines Tod und wenn sie nicht vorher noch Vorkehrungen trifft, die ihrem Sohn eine Heirat unmöglich machen. Glauben Sie etwa, dass ich das mit frohem Herzen tue?«

»Jedenfalls würden Sie nicht heiraten, wenn Marcels Tipp gut war und Sie damit Erfolg hätten, nicht wahr?«

»Zumindest nicht diesen elenden Schwächling.«

»Würden Sie das Haus in Nizza verlassen?«

»Auf der Stelle, das versichere ich Ihnen.«

»Und was würden Sie dann tun?«

»Ich würde irgendwo auf dem Land leben und Hühner und Kaninchen halten.«

»Was hat Marcel Ihnen am Telefon gesagt?«

»Sie werden ja doch wieder behaupten, dass ich lüge.«

Er schaute ihr tief in die Augen und sagte dann:

»Jetzt nicht mehr.«

»Na endlich! Er hat mir gesagt, er sei zufällig einem großen Schwindel auf die Spur gekommen. Genau diese Worte hat er benutzt. Und dann noch hinzugefügt, das könnte eine Menge einbringen, aber er sei noch nicht fest entschlossen.«

»Hat er dabei nicht auf jemanden angespielt?«

»Nein. So geheimnisvoll hatte er sich noch nie

gegeben. Er brauchte eine Auskunft. Er hat mich gefragt, ob wir einen *Großen Larousse* im Haus hätten, einen, der aus ich weiß nicht wie vielen Bänden besteht. Ich habe ihm geantwortet, nein, das hätten wir nicht. Darauf hat er mich gedrängt, in die Stadtbibliothek zu gehen, um dort etwas nachzuschlagen.«

»Was wollte er denn wissen?«

»Was soll's. So, wie die Dinge stehen, habe ich jetzt sowieso keine Chance mehr.«

»Nein, tatsächlich nicht.«

»Begriffen habe ich freilich überhaupt nichts. Ich hoffte, mir würde hier die Erleuchtung kommen.«

»Wer ist im Jahr 1890 gestorben?«

»Haben Sie mein Telegramm gefunden? Hat er es nicht vernichtet?«

»Die Post hat wie üblich ein Duplikat.«

»Ein gewisser van Gogh, ein Maler. Ich habe gelesen, dass er sich das Leben genommen hat. Er war sehr arm, und heute jagt man einander seine Bilder ab, die ich weiß nicht wie viel wert sind. Ich habe mich gefragt, ob Marcel eins davon aufgetrieben hat.«

»Und? Hat er das?«

»Ich glaube nicht. Als er mich angerufen hat, wusste er nicht einmal, dass dieser Mann bereits tot ist.«

»Und was haben Sie sich dabei gedacht?«

»Ich weiß es wirklich nicht. Ich habe mir nur gesagt, wenn Marcel mit dieser Auskunft Geld verdienen kann, kann ich es auch. Vor allem, als ich hörte, dass man ihn ermordet hatte. Man ermordet ja niemanden zum Vergnügen. Er hatte keine Feinde. Bei ihm war nichts zu holen, verstehen Sie?«

»Vermuten Sie, dass das Verbrechen mit besagtem van Gogh zusammenhängt?«

Maigret sagte das ohne Ironie. Er paffte seine Pfeife und blickte zum Fenster hinaus. Dann fügte er hinzu:

»Damit hatten Sie wahrscheinlich recht.«

»Zu spät, denn nun sind Sie hier, und mir nützt das alles nichts mehr. Muss ich noch länger hierbleiben? Bedenken Sie, für mich sind das Ferien, und solange Sie mich hier festhalten, kann das alte Biest mir nichts anhaben.«

»Nun, dann bleiben Sie.«

»Ich danke Ihnen. Jetzt sind Sie fast wieder so wie in Paris.«

Er gab sich nicht die Mühe, das Kompliment zu erwidern.

»Ruhen Sie sich etwas aus.«

Er ging die Treppe hinunter, kam an Charlot vorbei, der ihn spöttisch anblickte, und setzte sich wieder zu Lechat auf die Terrasse.

Es war die schönste Stunde des Tages. Die ganze Insel entspannte sich, und das Meer ringsherum, die Bäume, die Felsen, der Platz, alle schienen sie nach der sengenden Hitze aufzuatmen.

»Haben Sie etwas Neues herausbekommen, Chef?«

Maigret bestellte ein Glas bei Jojo, die gerade vorbeikam und anscheinend böse auf ihn war, weil er so lange bei Ginette gewesen war.

»Ich befürchte, ja«, antwortete er endlich und seufzte.

Und als der Inspektor ihn überrascht ansah, setzte er hinzu:

»Ich will damit sagen, dass ich wahrscheinlich nicht mehr lange bleiben muss. Dabei geht es einem hier so gut, nicht wahr? Wenn nur Mr Pyke nicht da wäre.«

Aber war ein rascher Erfolg nicht das Beste? Gerade wegen Mr Pyke und all dem, was er bei Scotland Yard erzählen würde?

»Sie werden aus Paris verlangt, Monsieur Maigret.«

Wahrscheinlich die Informationen aus Ostende.

8

Mr Pyke und die
Großmutter

Es war so sonntäglich, dass es einem fast zu viel werden konnte. Maigret behauptete gern, halb scherzhaft, er habe von jeher bereits beim Aufwachen spüren können, ohne erst die Augen öffnen zu müssen, dass wieder einmal Sonntag war.

Hier ging mit den Glocken etwas äußerst Merkwürdiges vor. Dabei waren es keine richtigen Kirchenglocken, sondern bimmelnde Glöckchen, wie sie Kapellen oder Klöster haben. Die Luft schien hier ganz anders beschaffen zu sein als anderswo. Man hörte zwar den Klöppel ganz deutlich gegen die Bronze schlagen, wodurch etwas wie ein Ton entstand, aber dann begann das Seltsame: Ein Ring bildete sich am blassen und noch kühlen Himmel, dehnte sich zögerlich aus, wie man es von Rauchkringeln kennt, wurde zu einem großen Kreis, aus dem wie durch einen Zauber immer größere und vollkommenere Kreise hervorgingen. Die Kreise schwebten über dem Platz, den Häusern, über dem Hafen und weit hinaus bis über das Meer, auf dem kleine Boote schaukelten. Man sah sie jenseits der Hügel und Felsen, und kaum waren sie verschwunden, schlug der Klöppel von Neuem gegen das Metall, und andere tönende Kreise entstanden und dehnten sich aus. Und so ging es weiter, und man nahm diesen sonderbaren Vorgang mit jenem kindlichen Staunen wahr, das man beim Anblick eines Feuerwerks empfindet.

Selbst die Schritte auf dem unebenen Boden des Platzes klangen anders als sonst, hatten etwas Österliches, und Maigret, der daraufhin aus dem Fenster blickte, hätte sich nicht gewundert, dort unten Erstkommunikantinnen zu sehen, deren kurze Beine sich in den langen Kleidern verhedderten.

Wie am Tag zuvor zog er Pantoffeln und Hose an, streifte das Jackett über das am Ausschnitt mit einer roten Borte besetzte Nachthemd und ging hinunter. Als er in die Küche kam, war er enttäuscht. Unbewusst hatte er gehofft, Jojo dort anzutreffen, wie sie am Herd stand und Kaffee kochte, während das Licht von draußen durch die offene Tür hereinfiel – so wie am Morgen zuvor. Heute jedoch waren dort vier oder fünf Fischer versammelt. Sie schienen Schnaps getrunken zu haben, denn es roch im ganzen Raum danach. Auf dem Fliesenboden hatte man einen ganzen Korb voll Fische geleert: rosafarbene Drachenköpfe, blaue und grüne Fische, deren Namen Maigret

nicht kannte, darunter eine Art rot und gelb ge-
fleckte Seeschlange, die noch lebte und sich um
ein Stuhlbein wand.

»Möchten Sie eine Tasse Kaffee, Monsieur Maigret?«

Es war nicht Jojo, die sie ihm brachte, sondern
der Wirt. Vielleicht hatte auch das mit dem Sonntag
zu tun. Maigret kam sich vor wie ein enttäuschtes
Kind.

Es widerfuhr ihm manchmal, besonders morgens,
wenn er vor den Spiegel trat, um sich zu rasieren,
dass er sein breites Gesicht mit den dicken Tränen-
säcken unter den geschwollenen Augen und dem
immer spärlicher werdenden Haar musterte und,
wie um sich Angst einzujagen, mit betont strenger
Stimme sagte:

»Da ist ja der Herr von der Kriminalpolizei!«

Wer hätte gewagt, ihn nicht ernst zu nehmen?
Eine Menge Leute, die ein schlechtes Gewissen
plagte, zitterten schon beim bloßen Klang seines
Namens. Er hatte die Macht, sie zu verhören, bis
sie vor Angst winselten, sie einzusperren oder sie
der Guillotine zu überantworten.

Es gab hier jemanden auf der Insel, der wie er in
diesem Augenblick den Klang der Glocken hörte
und die sonntägliche Luft einatmete, einen, der am
Abend zuvor im selben Raum wie er getrunken

hatte und in wenigen Tagen für immer hinter Gittern sitzen würde.

Er trank seine Tasse Kaffee aus, goss sich eine zweite ein und nahm sie mit in sein Zimmer hinauf, und es fiel ihm schwer zu glauben, dass dies alles ernst sein sollte. Er hatte doch vor gar nicht langer Zeit noch kurze Hosen getragen und war in der kalten Morgenluft mit erstarrten Fingern über den Platz seines Dorfes gelaufen, um in der kleinen Kirche, die nur von Kerzen erhellt war, bei der Messe zu dienen. Jetzt war er ein Erwachsener. Alle hielten ihn dafür, und nur er selbst konnte es manchmal kaum glauben.

Ob andere bisweilen ähnlich fühlten? Ob sich Mr Pyke zum Beispiel hin und wieder fragte, ob man ihn ernst nahm? Kam ihm das Leben nicht auch manchmal wie ein Spiel, wie etwas höchst Lächerliches vor?

Und war der Major denn etwas anderes als einer dieser dicken Jungs, die es in jeder Schulklasse gibt, einer dieser verschlafenen, übergewichtigen Burschen, die selbst der Lehrer nicht ganz ernst nehmen kann?

Mr Pyke hatte am Abend zuvor, kurz vor dem Zwischenfall mit Polyte, einen schrecklichen Satz geäußert. Es war unten gewesen, wo sich fast alle wie jeden Abend eingefunden hatten. Ganz selbstverständlich hatte sich der Inspektor von Scotland

Yard zu dem Major an den Tisch gesetzt, und trotz ihres Altersunterschieds und ihres ungleichen Leibesumfangs hatten sie wie zwei Brüder gewirkt. Sie schienen schon seit dem späten Nachmittag, als Mr Pyke seinen Landsmann in der Villa aufgesucht hatte, getrunken zu haben. Man bemerkte es an ihren glasigen Augen und schweren Zungen, und doch waren sie noch imstande, ihre Würde zu bewahren. Offenbar hatte man ihnen beiden im College beigebracht, wie man sich anständig benimmt, und später, Gott weiß wo, wie man sich anständig betrinkt.

Sie waren nicht traurig, eher ein wenig nostalgisch, ein wenig abwesend. Einer wie der andere wirkte wie der liebe Gott, der das Treiben der Welt mit melancholischer Milde betrachtet. Als Maigret sich schließlich neben Mr Pyke setzte, hatte dieser geseufzt und beiläufig bemerkt:

»Seit voriger Woche ist sie Großmutter.«

Er vermied es, diejenige, von der er sprach, anzusehen, wie er überhaupt niemals ihren Namen erwähnte, aber es war sonnenklar, dass nur Mrs Wilcox gemeint sein konnte. Sie saß mit Philippe in der anderen Ecke des Raumes. Der Holländer und Anna hatten am Nebentisch Platz genommen.

Nach einer Weile hatte Mr Pyke ebenso beiläufig hinzugefügt:

»Ihre Tochter und ihr Schwiegersohn erlauben

ihr nicht, nach England zurückzukehren. Der Major kennt die beiden sehr gut.«

Die arme Alte! Plötzlich fiel Maigret auf, dass sie tatsächlich eine alte Frau war. Ihm verging der Hohn über ihr geschminktes Gesicht, ihr gefärbtes Haar, das am Ansatz weiß schimmerte, und ihre affektierte Lebhaftigkeit.

Sie war eine Großmutter, und Maigret erinnerte sich, dass er bei ihrem Anblick an seine eigene Großmutter hatte denken müssen. Er hatte versucht, sich vorzustellen, wie er sich als Kind benommen hätte, wenn man ihm eine Frau wie Mrs Wilcox präsentiert und gesagt hätte:

»Gib deiner Großmama einen Kuss.«

Man verbot ihr, in ihrem eigenen Land zu leben, und sie fügte sich. Denn sie wusste genau, dass sie im Unrecht war. Sie erinnerte an die Trunkenbolde, denen man nur das allernötigste Taschengeld gibt und die dann listig versuchen, hier und dort ein Gläschen zu ergattern. Ob sie, wie diese Säufer, auch manchmal rührselig wurde angesichts ihres Schicksals und allein vor sich hin weinte?

Vielleicht wenn sie viel getrunken hatte. Und sie trank ordentlich. Philippe goss ihr immer wieder nach, während Anna, die auf derselben Bank saß, nur an den einen Augenblick dachte, da sie endlich ins Bett gehen würde.

Maigret rasierte sich. Er hatte nicht in das einzige Badezimmer gehen können, weil Ginette es besetzte.

»Nur noch fünf Minuten!«, hatte sie ihm durch die Tür zugerufen.

Er blickte hin und wieder auf den Platz hinaus, der ganz anders aussah als an anderen Tagen, selbst jetzt, da die Glocken verstummt waren. Der Pfarrer las gerade die erste Messe. In Maigrets Heimatdorf hatte der Pfarrer die Messe immer so rasch gelesen, dass er als Ministrant kaum Zeit gehabt hatte, die Antwortpsalmen zu sprechen, während er ihm die Messkännchen reichte.

Wie merkwürdig war doch sein Beruf! Er war nur ein Mensch wie jeder andere und hielt doch so viele Schicksale in seinen Händen.

Er sah sie wieder alle vor sich, die am Abend zuvor dort unten gesessen hatten. Er hatte nicht viel getrunken, aber immerhin genug, um ein wenig empfindsamer zu sein.

De Greef, mit seinem scharf gezeichneten Profil, hatte ihn ein paarmal mit stummer Ironie fixiert, als wollte er ihn provozieren. Philippe war trotz seines schönen Namens und bester Herkunft aus gröberem Holz geschnitzt und bemühte sich jedes Mal, wenn Mrs Wilcox ihn wie einen Diener herumkommandierte, eine gute Figur zu machen.

Er würde sich gewiss bei einer anderen Gelegenheit dafür rächen, aber jetzt musste er vor aller Augen die Demütigungen ertragen.

Und die waren an diesem Abend von solchem Ausmaß, dass es die anderen peinlich berührte. Der arme Paul, der glücklicherweise nicht wusste, woher der Schlag gekommen war, hatte hinterher alle Mühe, seine Gäste wieder in Stimmung zu bringen.

Sicherlich sprachen sie unten darüber. Die ganze Insel würde darüber reden. Würde Polyte das Geheimnis hüten? Im Augenblick war das ziemlich unerheblich.

Polyte stand an der Theke, mit seiner Kapitänsmütze auf dem Kopf, und hatte schon zahlreiche Schnäpse getrunken. Er sprach so laut, dass seine Stimme alle Gespräche übertönte. Wie so oft war Philippe auf Mrs Wilcox' Geheiß durch den Raum gegangen, um das Grammophon anzustellen.

Nachdem er Maigret zugezwinkert hatte, war Polyte dann ebenfalls zu dem Apparat gegangen und hatte ihn wieder ausgestellt.

Darauf hatte er sich zu Moricourt gedreht und ihn mit einem sarkastischen Blick bedacht. Philippe hatte nicht protestiert, sondern so getan, als hätte er gar nichts bemerkt.

»Es gefällt mir nicht, wie Sie mich ansehen!«, hatte dann Polyte gesagt und war dabei einige Schritte auf ihn zugegangen.

»Aber … ich sehe Sie doch überhaupt nicht an …«

»Verachten Sie mich etwa?«

»Das habe ich nicht gesagt.«

»Glauben Sie, ich wüsste nicht Bescheid?«

Mrs Wilcox hatte ihrem Begleiter etwas auf Englisch zugeflüstert. Mr Pyke hatte die Stirn gerunzelt.

»Ich bin Ihnen wohl nicht gut genug, Sie feiner Pinkel?«

Philippe, der dunkelrot geworden war, rührte sich immer noch nicht und bemühte sich krampfhaft, in eine andere Richtung zu schauen.

»Geben Sie doch zu, dass ich Ihnen nicht gut genug bin.«

Im selben Augenblick hatte de Greef Maigret scharf angesehen. Wusste er Bescheid? Lechat, der nichts von alldem verstanden hatte, hatte sich erheben wollen, um einzugreifen, und Maigret hatte ihn unter dem Tisch am Handgelenk festhalten müssen.

»Was würden Sie sagen, wenn ich Ihnen Ihre hübsche Fresse poliere? Was?«

Polyte, der fand, dass er nun zur Tat schreiten konnte, versetzte Philippe über den Tisch hinweg einen Faustschlag ins Gesicht. Philippe hielt sich die Hand vor die Nase. Das war alles. Er versuchte weder sich zu verteidigen noch zum Gegenangriff auszuholen, sondern stammelte nur:

»Ich habe Ihnen doch nichts getan.«

Mrs Wilcox schrie zur Theke hinüber:

»Monsieur Paul! Monsieur Paul! Werfen Sie gefälligst diesen verrückten Kerl hinaus! Das ist ja unerhört!«

Und ihr Akzent verlieh den Wörtern »verrückt« und »unerhört« einen besonders satten Klang.

»Und was Sie betrifft …«, begann Polyte, zu dem Holländer gewandt.

Dieser reagierte völlig anders. Er rührte sich nicht vom Platz, und mit hartem Blick bemerkte er trocken:

»Ist gut, Polyte.«

Man spürte, dass er sich nichts gefallen lassen würde. Alle seine Muskeln waren angespannt. Er war bereit, sich jeden Augenblick auf ihn zu stürzen.

Endlich griff Paul ein.

»Beruhige dich, Polyte. Komm einen Augenblick in die Küche. Ich muss mit dir reden.«

Der Kapitän ließ sich, wenn auch unter Protest, hinausführen.

Lechat, der noch immer nicht wusste, worum es ging, hatte gefragt:

»Haben Sie das inszeniert, Chef?«

Maigret hatte nicht darauf geantwortet. Als der Inspektor von Scotland Yard ihn anblickte, hatte er seine harmloseste Miene aufgesetzt.

Paul hatte sich geziemend entschuldigt. Polyte war nicht wieder aufgetaucht. Man hatte ihn durch die Hintertür hinausgeworfen. Heute würde er sich als Held aufspielen.

Fest stand jedenfalls, dass Philippe sich nicht verteidigt hatte, dass sein Gesicht für einen Augenblick von Angst verzerrt gewesen war, von jener physischen Angst, die sich auf den Magen legt und gegen die man vergeblich ankämpft.

Danach hatte er mit düsterer Miene dagesessen und übermäßig getrunken, bis Mrs Wilcox ihn schließlich mit sich fortgenommen hatte.

Sonst hatte sich nichts ereignet. Charlot war mit seiner Tänzerin ziemlich früh schlafen gegangen. Als Maigret ebenfalls hinaufgegangen war, waren die beiden noch wach gewesen. Ginette und Monsieur Emile hatten sich leise unterhalten. Niemand hatte eine Lokalrunde spendiert. Vielleicht wegen des Zwischenfalls.

»Komm herein, Lechat!«, rief der Kommissar durch die Tür.

Der Inspektor war schon fertig angezogen.

»Ist Mr Pyke schwimmen gegangen?«

»Er ist unten und isst gerade seine Eier mit Speck. Ich war zum Ablegen der Cormoran am Hafen.«

»Gab es etwas Besonderes?«

»Nichts. Es scheint, als kämen sonntags viele Leute aus Hyères und Toulon hierher. Sie eilen gleich zum Strand, und nachher liegt alles voller leerer Sardinenbüchsen und Flaschen. Sie kommen in einer Stunde an.«

Die Informationen aus Ostende hatten nichts Neues gebracht. Monsieur Bebelmans, Annas Vater, war ein bedeutender Mann, der lange Bürgermeister der Stadt gewesen war und sich einmal zur Abgeordnetenwahl hatte aufstellen lassen. Seit dem Fortgang seiner Tochter durfte niemand mehr auch nur ihren Namen erwähnen. Seine Frau war gestorben, aber man hatte Anna nicht benachrichtigt.

»Auf dieser Insel scheinen sich all jene zusammenzufinden, die auf die eine oder andere Weise von ihrem Weg abgekommen sind«, sagte Maigret, während er sein Jackett anzog.

»Das liegt am Klima«, antwortete der Inspektor, den dieser Sachverhalt nicht weiter beschäftigte. »Ich habe mir heute Morgen noch einen Revolver angesehen.«

Er war ein gewissenhafter Beamter. Er war nicht eher zufrieden gewesen, bis er alle Personen auf der Insel ausfindig gemacht hatte, die einen Revolver besaßen. Nacheinander hatte er sie aufgesucht und die Waffen genau geprüft, allerdings ohne sich viel davon zu erhoffen. Es gehörte einfach zur Routine.

»Was machen wir heute?«

Maigret wandte sich zur Tür und überhörte die Frage. Unten saß Mr Pyke an dem Tisch mit dem rot karierten Tuch.

»Sie sind doch sicher Protestant«, sagte Maigret zu ihm. »Möchten Sie nicht zum Hochamt gehen?«

»Ich bin Protestant und war schon in der Frühmesse.«

Hätte es eine Synagoge gegeben, wäre er vielleicht sogar dorthin gegangen, nur um irgendeinem Gottesdienst beizuwohnen, weil eben Sonntag war.

»Ich weiß nicht, ob Sie mich begleiten wollen. Ich muss heute Morgen eine Dame besuchen, der Sie lieber aus dem Weg gehen.«

»Gehen Sie an Bord der Jacht?«

Maigret nickte, und Mr Pyke schob seinen Teller zurück, erhob sich und ergriff den Strohhut, den er am Tag zuvor im Laden des Bürgermeisters gekauft hatte. Er hatte nämlich einen leichten Sonnenbrand, und sein Gesicht war beinahe so rot wie das des Majors.

»Kommen Sie mit?«

»Sie werden vielleicht einen Dolmetscher brauchen.«

»Soll ich auch mitkommen?«, fragte Lechat.

»Ja, das wäre mir lieb. Können Sie rudern?«

»Ich bin an der Küste aufgewachsen.«

Wieder einmal gingen sie zum Hafen. Dort bat der Inspektor einen Fischer, sein Boot ausleihen zu dürfen, und die drei Männer stiegen ein. Sie konnten de Greef und Anna sehen, die auf Deck ihres kleinen Schiffes frühstückten. Das Meer trug, wohl auch zu Ehren des Sonntags, ein seidiges Gewand, und bei jedem Ruderschlag funkelten die Spritzer wie Perlen in der Sonne. Die Cormoran lag auf der anderen Seite an der Felsspitze von Giens und wartete auf die Passagiere, die mit dem Autobus ankommen würden. Man konnte bis auf den Meeresgrund sehen. Zwischen den Felsspalten leuchteten die violettfarbenen Seeigel, und bisweilen schoss ein Wolfsbarsch wie ein glänzender Pfeil vorbei. Die Glocken läuteten zum Hochamt, und in allen Häusern duftete es jetzt gewiss nach frischem Kaffee und nach dem Parfüm, das sich die Frauen auf ihre Sonntagskleider sprühten.

Die North Star wirkte aus der Nähe viel größer und höher, und da sich niemand an Bord rührte, hob Lechat den Kopf und rief:

»Hallo, da oben!«

Kurz darauf beugte sich ein Matrose über die Reling. Seine Wange war mit Seifenschaum bedeckt, und er hielt ein offenes Rasiermesser in der Hand.

»Wir möchten gern Ihre Chefin sprechen.«

»Können Sie nicht in einer oder zwei Stunden wiederkommen?«

Pyke war sichtlich verlegen. Maigret zögerte eine Sekunde bei dem Gedanken an die »Großmutter«.

»Wenn es sein muss, warten wir an Deck«, sagte er zu dem Matrosen. »Los, Lechat!«

Hintereinander erklommen sie die Leiter. An der Kajüte befanden sich von Messing-ingen eingefasste Bullaugen, und Maigret sah ein Frauengesicht hinter einem der Bullaugen erscheinen und gleich wieder im Halbdunkel verschwinden. Kurz darauf öffnete sich die Luke, und Philippes Kopf tauchte auf. Er war nicht gekämmt und schaute verschlafen aus den Augen.

»Was wollen Sie?«, fragte er missmutig.

»Mit Mrs Wilcox sprechen.«

»Sie ist noch nicht aufgestanden.«

»Das stimmt nicht. Ich habe sie eben gesehen.«

Philippe trug einen blau gestreiften seidenen Pyjama. Einige Stufen führten in die Kajüte hinab, und Maigret bewegte sich so schwerfällig wie zielstrebig darauf zu.

»Gestatten Sie?«, sagte er und wartete gar nicht erst auf die Erlaubnis, eingelassen zu werden.

Das Schiff war eine seltsame Mischung aus Luxus und Unordnung, aus raffinierter Ausstattung und Dreck. Das Deck war sorgfältig geschrubbt, und alle Messingbeschläge funkelten. Die Leinen waren sorgfältig zusammengelegt, und die Kommandobrücke mit ihrem Kompass und ihren Bordinstrumenten blitzte wie eine holländische Küche.

In der Kajüte, deren Wände aus Mahagoni waren, standen ein am Boden befestigter Tisch und zwei mit rotem Leder bezogene Bänke. Auf dem

Tisch herrschte ein Durcheinander aus Gläsern, Flaschen, Brotscheiben, einer angebrochenen Sardinenbüchse und Spielkarten. Übler Alkoholdunst und alter Bettmief hingen schwer im ganzen Raum.

Mrs Wilcox schien in großer Hast in die Nebenkabine, die als Schlafzimmer diente, geflüchtet zu sein, denn sie hatte auf dem Fußboden einen Seidenpantoffel verloren.

»Verzeihen Sie bitte die Störung«, sagte Maigret höflich zu Philippe. »Sie waren wahrscheinlich gerade beim Frühstück.«

Ohne Ironie blickte er auf die halbleeren Flaschen englischen Bieres, eine angebissene Brotscheibe und ein Stück Butter in Papier.

»Ist das eine Hausdurchsuchung?«, fragte Philippe, während er sich mit der Hand durchs Haar fuhr.

»Nennen Sie es, wie Sie wollen. Bis jetzt betrachte ich es lediglich als einen Besuch.«

»Um diese Zeit?«

»Um diese Zeit sind manche Leute schon wieder müde.«

»Mrs Wilcox pflegt immer spät aufzustehen.«

Man hörte hinter der Tür Wasser laufen. Philippe hätte sich gewiss auch gern etwas unauffälliger angezogen, aber er hätte dann nicht verhindern können, dass sie die noch unangenehmere Unordnung in der Nebenkabine sahen. Sein Pyjama war zerknittert, und er hatte keinen Morgenmantel zur Hand. Reflexartig trank er einen Schluck Bier. Lechat, der auf Anweisung des Kommissars auf Deck geblieben war, beschäftigte sich mit den beiden Matrosen. Es waren keine Engländer, wie man hätte vermuten können. Sie kamen aus Nizza. Nach ihrem Akzent zu urteilen, waren sie italienischer Abstammung.

»Setzen Sie sich doch, Monsieur Pyke«, sagte Maigret, da Philippe sie nicht dazu aufforderte.

Maigrets Großmutter war immer um sechs Uhr morgens zur Frühmesse gegangen, und wenn man aufstand, war sie bereits im schwarzen Seidenkleid und trug eine weiße Haube. Im Kamin brannte das Feuer, und auf einem gestärkten Tischtuch stand schon das Frühstück bereit.

Auf der Insel gab es auch einige alte Frauen, die zur Frühmesse gegangen waren. Andere überquerten jetzt den Platz und gingen auf das offene Kirchentor zu, aus dem der Duft von Weihrauch strömte.

Mrs Wilcox hatte bereits Bier getrunken, und jetzt am Morgen trat der weiße Ansatz ihres gefärbten Haares noch deutlicher hervor. Sie ging hinter der Kabinenwand hin und her, ohne ihrem Sekretär irgendwie helfen zu können.

Dieser wirkte mit seiner von Polytes Faustschlag leicht geschwollenen Wange und in dem gestreiften Pyjama wie ein schmollender Schuljunge. Denn so wie es in jeder Klasse den dicken, einem Gummiball gleichenden Jungen gibt, so gibt es auch jenen, der sich in den Pausen beleidigt in eine Ecke zurückzieht und von seinen Kameraden als »blöde Petze« beschimpft wird.

An den Wänden hingen Stiche, aber der Kommissar vermochte ihre Qualität nicht zu beurteilen. Einige waren etwas gewagt, ohne indessen die Grenzen des guten Geschmacks zu überschreiten.

Der Engländer hielt seinen Strohhut auf den Knien. Es hatte fast den Anschein, als säßen Mr Pyke und er in einem Wartesaal.

Maigret zündete sich schließlich seine Pfeife an.

»Wie alt ist Ihre Mutter, Monsieur de Moricourt?«

»Warum fragen Sie mich das?«

»Aus keinem besonderen Grund. Nach Ihrem Alter zu urteilen, dürfte sie etwa fünfzig sein.«

»Fünfundvierzig. Sie war noch sehr jung, als ich geboren wurde. Sie hat mit sechzehn geheiratet.«

»Mrs Wilcox ist älter als sie, nicht wahr?«

Mr Pyke senkte den Kopf. Man hätte glauben können, der Kommissar wollte die peinlichen Umstände noch deutlicher hervorheben. Lechat erging es da draußen besser. Er saß auf der Reling und unterhielt sich mit einem der beiden Matrosen, der sich in der Sonne die Fingernägel säuberte.

Endlich öffnete sich die Tür, Mrs Wilcox erschien

und zog die Tür rasch wieder hinter sich zu, um das Durcheinander zu verbergen.

Sie hatte sich inzwischen angezogen und zurechtgemacht, aber trotz der dick aufgetragenen Schminke wirkte sie aufgedunsen und nervös.

Sie musste in einer sehr schlechten Verfassung sein, wenn sie schon am frühen Morgen ihren Kater mit einem starken Bier behandelte.

»Großmutter ...«, dachte Maigret unwillkürlich. Er stand auf, verneigte sich und stellte seinen Begleiter vor.

»Vielleicht kennen Sie Monsieur Pyke bereits. Er ist Ihr Landsmann und arbeitet für Scotland Yard, ist aber nicht dienstlich hier. Entschuldigen Sie bitte, dass ich Sie so früh störe, Mrs Wilcox.«

Sie blieb trotz allem die Frau von Welt, und mit einem raschen Blick belehrte sie Philippe, dass sein Aufzug ungehörig war.

»Gestatten Sie, dass ich mich anziehe?«, murmelte er und sah den Kommissar dabei grimmig an.

»Sie werden sich dann vielleicht wohler fühlen.«

»Setzen Sie sich, Messieurs. Kann ich Ihnen etwas anbieten?«

Sie bemerkte, dass Maigret seine Pfeife ausgehen lassen wollte.

»Rauchen Sie nur, ich bitte Sie! Ich wollte mir selbst gerade eine Zigarette anzünden.«

Sie lächelte leicht gezwungen.

»Entschuldigen Sie die Unordnung, aber eine Jacht ist kein Haus, und der Platz ist begrenzt.«

Was mochte Mr Pyke in diesem Augenblick denken? Dass sein französischer Kollege ein ungehobelter Flegel sei?

Durchaus möglich. Maigret war übrigens nicht eben stolz auf die Arbeit, die er hier zu verrichten hatte.

»Sie kennen doch wohl Jef de Greef, Mrs Wilcox?«

»Er ist ein begabter Junge, und Anna ist ein reizendes Mädchen. Sie waren mehrmals hier an Bord.«

»Es heißt, er sei ein talentierter Maler.«

»Ja, das glaube ich auch. Ich habe ihm ein Bild abgekauft und würde es Ihnen gern zeigen, wenn ich es nicht in meine Villa in Fiesole geschickt hätte.«

»Sie haben eine Villa in Italien?«

»Ach, es ist eigentlich nur ein bescheidenes Häuschen, aber es liegt wunderbar auf einem Hügel, und von meinem Fenster aus kann ich über ganz Florenz schauen. Kennen Sie Florenz, Monsieur Maigret?«

»Ich hatte leider noch nicht das Vergnügen.«

»Ich verbringe dort immer einen Teil des Jahres und schicke alles dorthin, was ich auf meinen Reisen kaufe.«

Sie schien sich jetzt ein wenig sicherer zu fühlen.

»Wollen Sie wirklich nichts trinken?«

Sie selbst hatte Durst, schielte nach dem Bier,

das sie vorhin noch nicht hatte austrinken können, wagte aber nicht, allein zu trinken.

»Wollen Sie nicht dieses Bier probieren, das ich mir direkt aus England kommen lasse?«

Um ihr eine Freude zu machen, sagte Maigret Ja. Sie holte Flaschen aus einem in die Wand eingelassenen Kühlschrank. Fast hinter sämtlichen Wandverkleidungen der Kajüte verbargen sich Schränke und unter den Bänken Truhen.

»Sie kaufen wohl viel unterwegs ein?«

Sie lachte.

»Wer hat Ihnen das gesagt? Ich kaufe aus Freude am Kaufen, das stimmt. In Istanbul zum Beispiel lasse ich mich immer von den Händlern auf den Basaren verleiten und kehre jedes Mal mit allerlei Scheußlichkeiten an Bord zurück. Da, wo ich es kaufe, finde ich es immer wunderschön. Aber wenn ich dann in meine Villa komme und das Zeug dort sehe ...«

»Haben Sie Jef de Greef in Paris kennengelernt?«

»Nein, erst hier, es ist noch nicht lange her.«

»Und Ihren Sekretär?«

»Er ist schon zwei Jahre bei mir. Er ist ein sehr gebildeter junger Mann. Wir haben uns in Cannes kennengelernt.«

»Arbeitete er dort?«

»Er arbeitete an einer Reportage für eine Pariser Zeitung.«

Moricourt lauschte bestimmt hinter der Wand.

»Sie sprechen ausgezeichnet Französisch, Mrs Wilcox.«

»Ich habe einen Teil meiner Ausbildung in Paris verbracht, und meine Gouvernante war Französin.«

»War Marcellin oft an Bord?«

»Gewiss. Ich glaube, fast jeder von der Insel war einmal hier.«

»Erinnern Sie sich an die Nacht, in der er ermordet wurde?«

»Ja, so ungefähr.«

Er blickte auf ihre Hände, aber sie zitterten nicht.

»Er hatte an jenem Abend viel von mir gesprochen.«

»Man hat mir das erzählt. Ich wusste nicht, wer Sie waren. Ich musste erst Philippe fragen.«

»Und Monsieur de Moricourt wusste es?«

»Sie scheinen berühmt zu sein.«

»Als sie die Arche Noah verließen …«

»Ja?«

»War Marcellin da bereits fort?«

»Das kann ich nicht mehr sagen. Ich weiß nur noch, dass wir dicht an den Häusern entlang zum Hafen gelaufen sind, so stark war der Mistral. Ich fürchtete sogar, dass es uns nicht gelingen würde, aufs Schiff zu kommen.«

»Haben Sie gleich das Ruderboot bestiegen, Monsieur de Moricourt und Sie?«

»Sofort. Was hätten wir auch sonst tun sollen? Dabei fällt mir ein, Marcellin hat uns bis zum Boot begleitet.«

»Sind Sie niemandem begegnet?«

»Bei dem Wetter war wohl kaum jemand draußen.«

»Sind de Greef und Anna auch auf ihr Schiff zurückgekehrt?«

»Das ist möglich. Ich weiß es nicht mehr. Warten Sie …«

In diesem Augenblick hörte Maigret zu seiner großen Überraschung, wie Mr Pyke präzise artikulierend zu sprechen ansetzte. Es war das erste Mal, dass er in seine Ermittlungen eingriff. Klar und deutlich, aber anscheinend ohne seinen Worten eine besondere Bedeutung beimessen zu wollen, sagte er:

»Bei uns, bei Scotland Yard, müssten wir Sie darauf hinweisen, Mrs Wilcox, dass jedes Wort, das Sie sagen, gegen Sie verwendet werden kann.«

Sie sah ihn entgeistert an, blickte dann zu Maigret, und eine panische Angst stand plötzlich in ihren Augen.

»Ist dies ein Verhör?«, fragte sie. »Aber … sagen Sie, Herr Kommissar … ich nehme doch nicht an, dass Sie vermuten, Philippe und ich hätten diesen Mann ermordet.«

Maigret schwieg einen Augenblick und starrte auf seine Pfeife.

»Ich verdächtige niemanden a priori, Mrs Wilcox. Dennoch, dies ist ein Verhör, und Sie haben das Recht, die Aussage zu verweigern.«

»Warum sollte ich sie verweigern? Wir sind sofort zurückgefahren, obwohl das Ruderboot voller Wasser war und wir uns an die Leiter klammern mussten, um wieder an Bord zu kommen.«

»Ist Philippe nicht noch einmal zurückgefahren?«

Sie zögerte mit der Antwort. Die Anwesenheit ihres Landsmanns schien sie in Verlegenheit zu bringen.

»Wir sind gleich schlafen gegangen, und er hätte nicht von Bord gehen können, ohne dass ich es gehört hätte.«

Philippe wählte diesen Augenblick, um wieder hereinzukommen. Er hatte eine weiße Flanellhose angezogen, sich das Haar mit Pomade zurückgestrichen und eine Zigarette angesteckt. Er wollte jetzt den Mutigen spielen und wandte sich unmittelbar an Maigret.

»Haben Sie mir Fragen zu stellen, Herr Kommissar?«

Maigret tat so, als sähe er ihn gar nicht.

»Kaufen Sie oft Bilder, Madame?«

»Ziemlich oft. Das ist eine meiner Marotten. Wenn ich auch nicht gerade eine Gemäldegalerie besitze, so habe ich doch einige gute Bilder.«

»In Fiesole?«

»Ja, in Fiesole.«

»Italienische Meister?«

»So weit versteige ich mich nicht. Ich bin bescheidener und begnüge mich mit modernen Bildern.«

»Mit Cézannes oder Renoirs zum Beispiel?«

»Ich habe einen entzückenden kleinen Renoir.«

»Degas, Manet, Monet?«

»Eine Zeichnung von Degas, eine Tänzerin.«

»Van Gogh?«

Maigret sah sie nicht an, sondern fixierte nun Philippe, der so aussah, als ob ihm etwas in der Kehle steckte, und dessen Blick völlig erstarrte.

»Ich habe eben einen van Gogh gekauft.«

»Wie lange ist das her?«

»Ein paar Tage. An welchem Tag sind wir nach Hyères gefahren, um ihn aufzugeben, Philippe?«

»Ich kann mich nicht mehr genau erinnern«, antwortete dieser mit tonloser Stimme.

Maigret half ihrem Gedächtnis auf die Sprünge.

»War es nicht ein oder zwei Tage vor Marcellins Tod?«

»Zwei Tage davor«, sagte sie. »Ich erinnere mich jetzt wieder.«

»Haben Sie das Bild hier aufgetrieben?«

Sie nahm sich gar nicht die Zeit zu überlegen, aber als es heraus war, biss sie sich auf die Lippen.

»Philippe«, begann sie, »hat über einen Freund ...«

Sie bemerkte am Schweigen der drei Männer,

213

dass sie das nicht hätte sagen dürfen, sah sie nacheinander an und rief:

»Was soll das, Philippe?«

Sie hatte sich jäh erhoben und ging auf den Kommissar zu.

»Wollen Sie es nicht sagen? ... So reden Sie doch! Warum sagen Sie nichts mehr? Philippe! Was ist denn ...?«

Philippe rührte sich noch immer nicht.

»Entschuldigen Sie, Madame, aber ich muss Ihren Sekretär mitnehmen.«

»Sie verhaften ihn? Aber ich sage Ihnen doch, er war hier, er ist die Nacht bei mir geblieben, er ...«

Sie blickte auf die Kabinentür und schien sie beinahe aufreißen zu wollen, um auf das große Bett zu weisen und zu rufen: ›Wie hätte er fortgehen können, ohne dass ich es gemerkt hätte?‹

Maigret und Mr Pyke hatten sich ebenfalls erhoben.

»Wollen Sie mir folgen, Monsieur de Moricourt?«

»Haben Sie einen Haftbefehl?«

»Ich werde einen vom Untersuchungsrichter anfordern, wenn Sie es wünschen, aber ich glaube nicht, dass das nottut.«

»Nehmen Sie mich fest?«

»Noch nicht.«

»Wohin führen Sie mich?«

»Irgendwohin, wo wir uns in aller Ruhe unterhalten können. Meinen Sie nicht, dass das besser ist?«

»Philippe, bitte sag mir …«, begann Mrs Wilcox.

Ohne dass es ihr selbst zu Bewusstsein kam, sprach sie plötzlich englisch. Philippe hörte nicht hin, sah sie nicht an, kümmerte sich nicht mehr um sie. Als er aufs Deck hinaufging, warf er ihr nicht einmal einen Blick zum Abschied zu.

»Das wird Sie nicht viel weiterbringen«, sagte er zu Maigret.

»Das kann schon sein.«

»Wollen Sie mir vielleicht Handschellen anlegen?«

Es war immer noch Sonntag, und von der Cormoran, die im Hafen angelegt hatte, gingen Menschen in heller Sommerkleidung an Land. Schon hockten Touristen auf den Felsen und angelten. Mr Pyke verließ die Kajüte als Letzter, und als er in dem Boot Platz genommen hatte, war sein Gesicht rot angelaufen. Lechat, erstaunt darüber, dass er jetzt einen Passagier mehr an Bord hatte, wusste nicht, was er sagen sollte. Maigret, der am Heck saß, tauchte die linke Hand ins Wasser, wie er es immer getan hatte, als er noch klein war und sein Vater ihn im Kahn über den Teich ruderte. Das Läuten der Glocken zauberte noch immer Kreise in den Himmel.

9

Maigrets schlechte Schüler

Sie blieben vor dem Laden des Bürgermeisters stehen, wo Maigret den Schlüssel holen wollte. Der Bürgermeister, der gerade Kunden bediente, rief seiner Frau etwas zu. Sie war eine kleine, blasse Person mit einem straff zurückgebundenen Haarknoten. Während sie nach dem Schlüssel suchte, was eine ganze Zeit lang dauerte, stand Philippe zwischen Maigret und Mr Pyke und setzte ein verbissenes, beleidigtes Gesicht auf. Die Szene erinnerte wieder an die Schule: der bestrafte Schüler und sein strenger Lehrer.

Man hätte es nicht für möglich gehalten, dass die Cormoran so viele Passagiere befördern konnte. Allerdings waren an diesem Morgen auch noch andere Schiffe gefahren. Bis die Touristen den Weg zum Strand eingeschlagen hatten, bot sich auf dem Platz der Anblick einer Völkerwanderung.

Vor dem im Schatten liegenden Gemischtwarenladen sah man Anna in ihrem Pareo, ein Einkaufsnetz in der Hand, während de Greef mit Charlot auf der Terrasse der Arche saß.

Die beiden hatten Philippe in Begleitung der Polizeibeamten vorbeikommen sehen und ihnen nachgeblickt. Sie waren frei, saßen an einem Tischchen und hatten eine Flasche Wein vor sich stehen.

Maigret hatte leise ein paar Worte zu Lechat gesagt, der daraufhin etwas hinter sie zurückfiel.

Endlich brachte die Frau des Bürgermeisters den Schlüssel, und kurz darauf öffnete Maigret die Tür zum Amtsraum, in dem es so modrig roch, dass er sofort das Fenster aufriss.

»Setzen Sie sich, Moricourt.«

»Ist das ein Befehl?«

»Genau das.«

Er schob ihm einen der Klappstühle zu, die bei den Feiern am 14. Juli benutzt wurden. Mr Pyke schien bemerkt zu haben, dass der Kommissar es unter diesen Umständen nicht gern sah, wenn die Leute standen, denn er klappte ebenfalls einen Stuhl auf und setzte sich in eine Ecke.

»Sie haben mir wohl nichts zu sagen?«

»Bin ich verhaftet?«

»Ja.«

»Ich habe Marcellin nicht umgebracht.«

»Sondern?«

»Nichts. Ich verweigere jede weitere Aussage. Sie können mich verhören, so viel Sie wollen, und all die widerlichen Mittel anwenden, mit denen Sie die Leute zum Reden bringen. Ich werde nichts sagen.«

Wie ein trotziges Kind! Es mag an den Eindrücken des Vormittags gelegen haben, dass Maigret ihn nicht mehr ernst nehmen konnte: War das überhaupt ein erwachsener Mann?

Der Kommissar setzte sich nicht. Er ging auf und ab, stieß dabei an eine aufgerollte Fahne oder berührte die Büste der Marianne, blieb einen Augenblick am Fenster stehen und sah eine Gruppe weiß gekleideter Mädchen unter der Aufsicht von zwei Ordensschwestern in Flügelhauben vorübergehen. Es war also doch gar nicht so abwegig gewesen, dass er heute Morgen an Erstkommunikantinnen hatte denken müssen.

Die Inselbewohner trugen heute saubere dunkelblaue Leinenhosen, deren Farbe in der Sonne besonders kräftig wirkte, und ihre weißen Hemden blitzten geradezu. Man begann schon wieder Boule zu spielen. Monsieur Emile ging mit trippelnden Schritten zur Post.

»Sie sind sich doch wohl im Klaren darüber, dass Sie ein Schuft sind?«

Maigret stand jetzt in seiner vollen Größe dicht vor Philippe und blickte ihn von oben bis unten an. Der junge Mann hob instinktiv die Hände, um sein Gesicht zu schützen.

»Jawohl, ein Schuft, ein ängstlicher, feiger Schuft. Es gibt Ganoven, die brechen in Wohnungen ein und riskieren dabei immerhin etwas. Andere dagegen machen sich an alte Frauen heran, stehlen ihnen wertvolle Bücher, die sie dann verkaufen, und wenn man sie schnappt, fangen sie an zu heulen, winseln um Vergebung und sprechen von ihrer armen Mutter.«

Es sah fast so aus, als ob Mr Pyke sich so klein wie möglich machte und sich absichtlich kein bisschen rührte, um seinen Kollegen nur ja nicht zu stören. Man hörte ihn nicht einmal atmen, lediglich die Geräusche von draußen drangen durch das offene Fenster herein und vermischten sich auf seltsame Weise mit der Stimme des Kommissars.

»Wer ist auf die Idee mit den gefälschten Bildern gekommen?«

»Ich werde nur in Anwesenheit eines Anwalts antworten.«

»Das heißt also, dass Ihre unglückliche Mutter bluten muss, um für Sie einen etablierten Verteidiger zu bezahlen. Denn so einen Anwalt brauchen Sie, nicht wahr? Sie sind eine widerliche Person, Moricourt!«

Er ging, die Hände auf dem Rücken, wieder auf und ab und glich mehr denn je einem Lehrer.

»In der Schule hatte ich einen Mitschüler, der Ihnen ähnelte. Er war genauso ein Heuchler wie Sie. Hin und wieder brauchte er eine Abreibung, und wenn wir ihn in der Mangel hatten, drehte sich unser Lehrer absichtlich um oder verließ den

Schulhof. Sie haben gestern Abend Prügel bezogen und stillschweigend eingesteckt. Blass und zitternd sind Sie an Ihrem Platz sitzen geblieben, neben der alten Frau, die Sie aushält. Damit Sie es wissen: Ich habe Polyte gebeten, Ihnen die Visage zu polieren, weil ich sehen wollte, wie Sie darauf reagieren. Ich bin mir darüber nämlich noch nicht im Klaren gewesen.«

»Wollen Sie mich noch einmal verprügeln?«

Er versuchte sich aufzuspielen, aber man spürte, wie er vor Angst verging.

»Es gibt verschiedene Sorten von Schuften, Moricourt, und leider gelingt es einem nicht, sie alle hinter Schloss und Riegel zu bringen. Ich will Ihnen aber gleich sagen, ich werde alles in meiner Macht Stehende tun, damit Sie dorthin kommen.«

Zehnmal blieb er vor dem jungen Mann stehen, und jedes Mal bedeckte dieser dann rasch sein Gesicht mit den Händen.

»Gib zu, dass die Idee mit den Bildern von dir ist.«

»Woher nehmen Sie das Recht, mich zu duzen?«

»Du wirst schon noch gestehen, und wenn ich dich drei Tage und drei Nächte lang verhören muss. Ich habe es mal mit einem zu tun gehabt, der stärker war als du. Er wollte auch den großen Mann markieren, als man ihn zum Quai des Orfèvres gebracht hatte, und er war auch so gut gekleidet wie du. Es war eine lange Prozedur. Wir waren fünf oder sechs, die einander dabei ablösten. Und weißt du, was ihm nach sechsunddreißig Stunden passiert ist? Weißt du, woran wir gemerkt haben, dass er schließlich weich geworden war? Am Geruch! Ein Gestank, der so widerlich war wie der Kerl selbst! Er hatte sich nämlich in die Hosen gemacht.«

Er blickte auf Moricourts schöne weiße Hose und befahl ihm unvermittelt:

»Nimm deine Krawatte ab.«

»Warum?«

»Soll ich sie dir abnehmen? Gut! So, und jetzt schnür deine Schuhe auf und zieh die Schnürsenkel heraus. Du wirst schon sehen, es dauert nicht lange, und man sieht dir an, wie viel du auf dem Kerbholz hast.«

»Sie haben nicht das Recht ...«

»Ich nehme es mir! Du hast nur daran gedacht, wie du der alten Närrin, an die du dich herangewanzt hast, noch mehr Geld aus den Rippen leiern könntest. Dein Verteidiger wird sicherlich erklären, es sei unmoralisch, solchen Frauen wie ihr ein Vermögen zu überlassen, und behaupten, es sei eine Versuchung, der man nicht widerstehen könne. Aber das interessiert uns im Augenblick nicht. Darüber sollen die Geschworenen urteilen. Weil sie Bilder kaufte und nichts davon verstand, hast du dir gedacht, da ließe sich ein Haufen Geld verdienen, und mit de Greef gemeinsame Sache gemacht. Ich möchte wissen, ob er nicht sogar auf deine Veranlassung hin nach Porquerolles gekommen ist.«

»Und de Greef ist ein kleiner Heiliger, was?«

»Eine andere Sorte Schuft. Wie viele Bilder hat er für deine alte Geliebte gefälscht?«

»Ich habe Ihnen bereits erklärt, dass ich nichts sagen werde.«

»Der van Gogh dürfte nicht das erste gewesen sein. Nur hat zufällig jemand das Bild gesehen, als es noch nicht fertig war. Marcellin trieb sich überall herum. Er kletterte ebenso auf das Schiff von de Greef wie auf die North Star. Vermutlich hat er den Holländer überrascht, als er gerade dabei war, ein Bild mit einem fremden Namen zu signieren. Dann hat er dasselbe Bild bei Mrs Wilcox gesehen und ist stutzig geworden. Es hat eine Weile gedauert, bis er den Zusammenhang begriffen hatte. Er war sich nicht ganz sicher. Er hatte noch nie etwas von van Gogh gehört und darum seine Freundin angerufen, um sich zu erkundigen.«

Philippe starrte mit düsterer Miene zu Boden.

»Ich behaupte nicht, dass du sein Mörder bist.«

»Ich habe ihn nicht getötet.«

»Wahrscheinlich bist du dafür zu feige. Marcellin hat sich gesagt, warum sollte, wenn schon zwei an der Alten schwer verdienten, nicht auch noch etwas für einen Dritten abfallen. Er hat euch über seine Gedanken nicht im Unklaren gelassen. Aber ihr habt nicht gespurt. Dann hat er, um seinen Forderungen etwas Nachdruck zu verleihen, von seinem Freund Maigret gesprochen. Wie viel hat Marcellin verlangt?«

»Ich beantworte diese Frage nicht.«

»Nun, ich habe Zeit. In jener Nacht ist Marcellin dann ermordet worden.«

»Ich habe ein Alibi.«

»Allerdings. In seiner Todesstunde hast du bei der Großmutter im Bett gelegen.«

Bis in den Raum hinein drang der Geruch der Aperitifs, die auf der Terrasse der Arche serviert wurden. De Greef saß gewiss noch immer dort, und Anna hatte sich, nachdem sie ihre Einkäufe erledigt hatte, sicherlich auch dorthin begeben. Lechat saß am Nebentisch, beobachtete die beiden und würde sie notfalls daran hindern fortzugehen.

Was Charlot betraf, so hatte der jetzt bestimmt begriffen, dass er in jeder Hinsicht zu spät gekommen war. Noch einer, der darauf spekuliert hatte, seinen Teil abzubekommen.

»Wirst du nun aussagen, Philippe?«

»Nein.«

»Damit du es weißt, ich will dich nicht in die Zange nehmen. Ich will dir nicht erzählen, wir hätten Beweise und de Greef hätte gestanden. Du wirst schließlich reden, weil du feige bist und bösartig. Gib mir deine Zigaretten.«

Maigret nahm das Päckchen, das der junge Mann ihm reichte, und warf es aus dem Fenster.

»Dürfte ich Sie um einen Gefallen bitten, Mr Pyke? Würden Sie Lechat, der drüben auf der Terrasse der Arche sitzt, sagen, er solle den Holländer herbringen? Ohne die junge Frau. Und es wäre mir auch lieb, wenn Jojo uns Bier brächte.«

Solange sein Kollege fort war, sagte Maigret wie aus übertriebener Rücksicht gegen ihn kein einziges Wort. Er schritt immer noch, die Hände auf dem Rücken, auf und ab, während draußen vor dem Fenster das sonntägliche Leben weiterging.

»Herein, de Greef. Trügen Sie eine Krawatte, würde ich Sie auffordern, sie abzunehmen und ebenso Ihre Schnürsenkel herauszuziehen.«

»Bin ich verhaftet?«

Maigret nickte nur.

»Setzen Sie sich. Aber nicht zu nah an Ihren Freund Philippe. Geben Sie mir Ihre Zigaretten, und werfen Sie die weg, die in Ihrem Schnabel steckt.«

»Haben Sie einen Haftbefehl?«

»Ich werde mir telegrafisch einen schicken lassen, der auf euch beide ausgestellt sein wird, damit darüber kein Zweifel mehr besteht.«

Er setzte sich auf den Platz, auf dem der Bürgermeister gewiss immer thronte, wenn er eine Trauung vornahm.

»Einer von euch beiden hat Marcellin ermordet. Wer – das ist im Grunde gar nicht so wichtig, denn ihr seid beide schuldig, einer wie der andere.«

Jojo kam mit einem Tablett voller Flaschen und Gläser herein und erschrak sichtlich, als sie die beiden jungen Männer sah.

»Sie brauchen keine Angst zu haben, Jojo. Das sind nur zwei dreckige kleine Mörder. Aber sprechen Sie nicht gleich darüber, sonst haben wir im Nu sämtliche Inselbewohner vor dem Fenster stehen, und die Touristen obendrein.«

Maigret nahm sich Zeit, blickte die jungen Männer nacheinander an. Der Holländer war viel ruhiger und verriet auch keine Spur von Großtuerei.

»Vielleicht wäre es das Beste, ich ließe euch das untereinander regeln. Denn schließlich wird es vor allem einen von euch treffen. Der eine wird dabei seinen Kopf lassen müssen oder für den Rest seines Lebens im Zuchthaus verschwinden, während der andere mit ein paar Jahren Gefängnis davonkommt. Aber welcher nun?«

Schon rutschte die »blöde Petze« unruhig auf seinem Stuhl hin und her, und man hätte glauben können, er werde gleich den Finger heben, wie in der Schule.

»Das Gesetz kann leider nicht berücksichtigen,

wer der eigentlich Schuldige ist. Ich für meinen Teil würde euch beide gern in denselben Sack stecken, mit dem einen Unterschied nur, dass ich für de Greef noch ein ganz klein bisschen Sympathie übrig hätte.«

Philippe rutschte immer noch auf seinem Stuhl herum. Es war ihm sichtlich unangenehm.

»Gestehen Sie, de Greef, dass Sie es nicht nur wegen des Geldes getan haben? Sie wollen auch nicht antworten? Nun, wie es Ihnen beliebt. Ich wette, Sie vergnügen sich schon lange damit, Bilder zu fälschen, um sich zu beweisen, dass Sie kein Sonntagsmaler, kein dilettantischer Schmierfink sind. Haben Sie viele davon verkauft?

Ist auch einerlei. Was wäre das für eine süße Rache gewesen an denen, die Sie nicht ernst genommen haben, wenn Ihnen Ihre eigenen Werke, signiert mit dem Namen eines berühmten Malers, im Louvre oder in einem Museum in Amsterdam wiederbegegnet wären.

Wir werden uns Ihre letzten Werke anschauen. Wir lassen sie uns aus Fiesole kommen. Vor dem Schwurgericht werden die Herrn Sachverständigen darüber diskutieren. Sie werden ein paar schöne Stunden verleben, de Greef!«

Es war fast amüsant, während dieser Rede Philippes zugleich angewiderte und gequälte Miene zu beobachten. Die beiden Übeltäter wurden immer mehr zu Schuljungen. Philippe war auf die Worte eifersüchtig, die Maigret an seinen Schulkameraden richtete, und hätte gewiss gern protestiert.

»Geben Sie zu, Monsieur de Greef, dass es Ihnen gar nicht so unlieb ist, wenn alles auffliegt.«

Und nun gar noch dieses »Monsieur«, das Moricourt in tiefster Seele verletzte.

»Es macht schließlich keinen Spaß, wenn man der Einzige ist, der Bescheid weiß. Sie lieben Ihr jetziges Leben nicht, Monsieur de Greef.«

»Ebenso wenig wie das Ihre oder das, welches man mir aufzwingen wollte.«

»Sie lieben gar nichts.«

»Ich liebe mich selbst nicht.«

»Und Sie lieben auch nicht dieses Mädchen, das Sie, um ihre Eltern zur Raserei zu bringen, so schnöde entführt haben? Seit wann verlangt es Sie, Ihresgleichen zu töten? Ich glaube, nicht aus Not oder Geldgier oder um einen lästigen Zeugen zu beseitigen. Ich denke an das Töten um des Tötens willen. Man will herausfinden, wie es geht und was man währenddessen empfindet. Und man schlägt dann sogar mit dem Hammer auf einen Schädel ein, um sich zu beweisen, dass man starke Nerven hat.«

Die Lippen des Holländers verzogen sich zu einem leichten Lächeln. Philippe, der es zufällig bemerkte, verstand es nicht.

»Soll ich euch beiden jetzt voraussagen, wie es

weitergeht? Ihr seid zum Schweigen entschlossen, der eine wie der andere. Ihr seid überzeugt, dass es keine Beweise gegen euch gibt. Für den Mord an Marcellin gibt es keine Zeugen. Wegen des Mistrals hat niemand auf der Insel die Schüsse gehört. Man hat die Waffe nicht gefunden, die wahrscheinlich auf dem Meeresgrund liegt. Ich habe mir nicht die Mühe gemacht, sie suchen zu lassen. Die Fingerabdrücke werden ebenfalls nichts ergeben. Es wird eine langwierige Untersuchung geben. Der Richter wird euch geduldig anhören, wird sich nach eurem Vorleben erkundigen, und die Zeitungen werden viel über euch schreiben. Man wird dabei besonders betonen, dass ihr beide aus gutem Hause seid.

Ihre Freunde vom Montparnasse, de Greef, werden mit Nachdruck erklären, Sie hätten Talent. Man wird Sie als einen Phantasten und unverstandenen Künstler hinstellen.

Man wird auch von den beiden kleinen Gedichtbänden sprechen, die Moricourt veröffentlicht hat.«

Wie glücklich musste dieser sein, endlich einen Punkt für sich zu verbuchen!

»Die Journalisten werden den Richter in Groningen und Madame de Moricourt in Saumur interviewen. In den Boulevardblättern wird man sich über Mrs Wilcox lustig machen, und sicherlich wird ihre Botschaft Schritte unternehmen, um die Nennung ihres Namens zu unterbinden.«

Er trank mit einem Zug ein halbes Glas Bier aus und setzte sich dann auf die Fensterbank, mit dem Rücken zum in der Sonne brütenden Dorfplatz.

»De Greef wird weiterhin schweigen, weil das in seiner Natur liegt, weil er keine Angst hat.«

»Und ich werde den Mund aufmachen?«, höhnte Philippe.

»Ja, du wirst reden. Weil du ein Waschlappen bist, weil du alle anwidern wirst, weil du heil davonkommen willst, weil du feige bist und davon überzeugt, dass du nur durch Reden deine kostbare Haut retten kannst.«

De Greef blickte zu seinem Kameraden, und ein vieldeutiges Lächeln spielte um seine Lippen.

»Wahrscheinlich wirst du schon morgen aussagen, wenn dich hemdsärmelige Polizisten in einem echten Verhörraum mit ihren Fäusten vernehmen werden. Du schätzt Schläge ja nicht besonders, Philippe.«

»Dazu sind sie nicht berechtigt.«

»Es ist auch niemand dazu berechtigt, eine arme Frau auszunehmen, die nicht mehr weiß, was sie tut.«

»Oder die es nur zu gut weiß. Bloß weil sie Geld hat, verteidigen Sie sie.«

Maigret brauchte nicht mal mehr auf ihn zuzugehen, und er hielt sich schon die Hände vors Gesicht.

»Du wirst sprechen, vor allem wenn du siehst,

dass de Greef mehr Chancen hat davonzukommen als du.«

»Er war auf der Insel.«

»Er hat auch ein Alibi. Du warst bei der Alten, und er war mit Anna zusammen.«

»Anna wird aussagen …«

»Was wird sie aussagen?«

»Nichts.«

In der Arche aß man jetzt zu Mittag. Jojo schien nicht sehr verschwiegen gewesen zu sein, oder aber die Leute witterten etwas. Man sah von Zeit zu Zeit ein paar Gestalten um das kleine Rathaus herumschleichen.

Gleich würde es einen Volksauflauf geben.

»Ich hätte große Lust, euch beide jetzt allein zu lassen. Was halten Sie davon, Mr Pyke? Natürlich müsste sie jemand bewachen, denn sonst würden wir sie womöglich in Stücke gerissen wieder vorfinden. Bleibst du bei ihnen, Lechat?«

Lechat setzte sich an den Tisch, stemmte die Ellbogen auf die Platte und goss sich dann in Ermangelung eines Aperitifs oder Weißweins ein Glas Bier ein.

Maigret und sein englischer Kollege gingen in die jetzt noch heißer brennende Sonne hinaus und taten schweigend ein paar Schritte.

»Sind Sie enttäuscht, Monsieur Pyke?«, fragte der Kommissar und blickte ihn verstohlen an.

»Warum?«

»Ich weiß es nicht. Sie sind nach Frankreich gekommen, um unsere Methoden kennenzulernen, und müssen nun feststellen, dass wir keine haben. Moricourt wird aussagen. Ich hätte ihn sofort zum Sprechen bringen können.«

»Mit der bereits von Ihnen erwähnten Methode?«

»Mit jener oder einer anderen. Es ist übrigens gleichgültig, ob er etwas sagt oder nicht. Er wird es doch widerrufen. Er wird von Neuem gestehen und wieder alles zurücknehmen. Sie werden sehen, wie der Zweifel den Geschworenen zusetzen wird. Die beiden Verteidiger werden wie Hund und Katze aufeinander losgehen. Jeder wird versuchen, seinen Mandanten reinzuwaschen, indem er dem anderen die ganze Schuld zuschiebt.«

Sie brauchten sich nicht einmal auf die Zehenspitzen zu stellen, um durch das Fenster des kleinen Rathauses die beiden jungen Männer auf ihren Stühlen zu sehen. Auf der Terrasse der Arche saß Charlot beim Mittagessen. Seine Freundin zu seiner Rechten, Ginette zu seiner Linken, die dem Kommissar schon von fern bedeutete, dass sie Charlots Einladung nicht hatte ablehnen können.

»Es ist viel angenehmer, wenn man es mit Berufsverbrechern zu tun hat.«

Vielleicht dachte Maigret dabei an Charlot.

»Aber sie begehen selten einen Mord. Die großen Verbrechen entstehen häufig durch Zufall. Die Jungs da drüben haben anfänglich nur gespielt, ohne sich klarzumachen, wohin das führen könnte. Es hatte fast etwas von einer guten Posse. Einer millionenschweren alten Närrin Bilder anzudrehen, die mit berühmten Namen signiert sind! Und eines Morgens taucht dann in einem unpassenden Augenblick irgend so ein Typ, dieser Marcellin, auf dem Schiff auf …«

»Haben Sie Mitleid mit ihm?«

Maigret gab keine Antwort, sondern zuckte nur mit den Schultern.

»Sie werden sehen, die Psychiater werden sich über das Ausmaß ihrer Schuldfähigkeit streiten.«

Mr Pyke kniff die Augen zusammen, weil ihn die Sonne blendete. Er blickte seinen Kollegen lange an, als ob er dessen Gedanken zu erraten versuchte. Dann sagte er nur:

»Aha.«

Der Kommissar fragte ihn gar nicht, wie er das meinte, sondern sprach gleich von etwas anderem:

»Mögen Sie das Mittelmeer, Monsieur Pyke?«

Und da Mr Pyke zögerte, fuhr er fort:

»Ich glaube, das Klima hier bekommt mir nicht. Nun, wir können wahrscheinlich schon heute Abend wieder abreisen.«

Der weiße Glockenturm schmiegte sich in das tiefe und zugleich durchsichtige Blau des Himmels.

Der Bürgermeister spähte beunruhigt durch das Fenster in sein Amtszimmer hinein.

Und was tat Charlot? Man sah ihn vom Tisch aufstehen und eilig zum Hafen gehen. Maigret blickte ihm eine Sekunde mit gerunzelter Stirn nach und murmelte:

»Wenn nur nicht …«

Dann stürzte er hinterher, und Mr Pyke, der das alles nicht begriff, folgte ihm.

Als sie die Mole erreicht hatten, war Charlot schon an Deck der kleinen Jacht, die auf den seltsamen Namen Fleur d'amour getauft war. Er beugte sich kurz über das Bullauge, um hineinzusehen, verschwand dann und kam gleich darauf mit etwas Schwerem in den Armen wieder an Deck.

Als die beiden Männer das Schiff betraten, lag Anna ausgestreckt auf dem Boden, und Charlot riss ihr ohne jede Scham den Pareo herunter, sodass ihre schwere nackte Brust sichtbar wurde.

»Daran hatten Sie wohl nicht gedacht?«, sagte er bitter.

»Veronal?«

»Auf dem Fußboden in der Kajüte lag ein leeres Glasröhrchen.«

Erst waren es fünf, dann zehn und schließlich eine ganze Menschenmenge, die um Mademoiselle Bebelmans herumstanden. Der Arzt der Insel kam keuchend angerannt und sagte mit Grabesstimme:

»Ich habe für alle Fälle ein Brechmittel dabei.«

Mrs Wilcox stand mit einem ihrer Matrosen an Deck ihrer Jacht, und sie blickten abwechselnd durch ein Fernglas.

»Da haben Sie es, Monsieur Pyke, ich mache auch Fehler. Ihr ist klar geworden, dass de Greef nur ihre Aussage zu fürchten hatte, und sie fürchtete sich davor, etwas zu verraten.«

Er drängte sich durch die Menge, die sich vor dem kleinen Rathaus versammelt hatte. Lechat hatte das Fenster geschlossen. Die beiden jungen Männer saßen immer noch dort, und auf dem Tisch standen die Bierflaschen.

Maigret schritt in dem kleinen Raum umher wie ein wildes Tier im Käfig, blieb dann vor Philippe de Moricourt stehen, und mit einem Mal, ohne dass irgendetwas darauf hingewiesen und de Moricourt auch nur die Zeit gehabt hätte, sich zu schützen, versetzte Maigret ihm einen Schlag mitten ins Gesicht.

Sichtlich erleichtert, beinahe ruhig sagte er:

»Ich bitte um Entschuldigung, Monsieur Pyke.«

Dann wandte er sich an de Greef, der ihn verständnislos anstarrte:

»Anna ist tot.«

Maigret gab sich nicht mehr die Mühe, das Verhör fortzusetzen. Er zwang sich, nicht auf den Sarg zu blicken, der immer noch in der Ecke stand, der berühmte Sarg des alten Benoît, der schon für Marcellin benutzt worden war und in dem man nun auch das Mädchen aus Ostende forttragen würde.

Als sei es eine Ironie des Schicksals, tauchte mitten in der Menschenmenge der struppige Kopf des noch quicklebendigen Benoît auf.

Lechat und die beiden Männer, in Handschellen, fuhren mit einem Fischerboot zur Felsspitze von Giens.

Maigret und Mr Pyke nahmen die Cormoran, die um fünf Uhr auslief, und auch Ginette, Charlot und seine Tänzerin und all die Touristen, die den Sonntag an den Stränden der Insel verbracht hatten, befanden sich an Bord.

Die an der Hafeneinfahrt festgemachte North Star schaukelte sanft auf den Wellen. Mürrisch zog Maigret an seiner Pfeife. Als sich seine Lippen bewegten, beugte sich Mr Pyke zu ihm herüber und fragte:

»Verzeihung, was sagten Sie?«

»Ich sagte: Dreckskerle.«

Dann wandte er rasch den Kopf ab und blickte auf den Meeresgrund.

Tumacacori (Arizona), 2. Februar 1949

Die große Simenon-Taschenbuch-Edition bei Atlantik

Freuen Sie sich auf viele weitere Bände! #monsimenon

MAIGRET
Band M14

· **Georges Simenon**
Maigret bei den Flamen
Aus dem Französischen von Hansjürgen Wille,
Barbara Klau und Bärbel Brands
ISBN 978-3-455-00711-4

Als die junge Germaine Piedbœuf verschwindet, sind die Verdächtigen schnell gefunden: Eine flämische Familie wird beschuldigt, weil ... Ja, warum eigentlich? Weil die Kaufleute im französischen Givet fremd sind und noch dazu wohlhabender als alle anderen? Oder vielleicht, weil der Sohn der Familie ein Verhältnis mit der jungen Frau hatte, aber eine bessere Partie in Aussicht? Maigret reist eigens an, um den Ruf der Familie wiederherzustellen.

»Die Suche nach guten Krimis kann eingestellt werden.
Maigret ist ohnehin der Beste.«
Der Spiegel

DIE GROSSEN ROMANE
Band 90

Georges Simenon
Striptease
Neuübersetzung von Sophia Marzolff
Mit einem Nachwort von Ulrich Wickert
ISBN 978-3-455-00688-9

Célita, Stripteasetänzerin in Cannes, hat ihren Beruf satt. Sie will ihren Chef Léon dazu bringen, sie zu heiraten, obwohl der bereits vergeben ist. Célita scheint fast am Ziel, als plötzlich die junge Tänzerin Maud auftaucht. Mit ihrer vermeintlichen Naivität und Hilflosigkeit stiehlt die Neue allen die Show und erobert den Chef im Sturm. Célita muss zusehen, wie ihr der perfekte Lebensplan aus den Händen gleitet.

»Simenons Romane sind wie ein Traum, der dem Leben gleicht und uns vielleicht hilft, das wirkliche Leben zu deuten und zu lieben.«
Federico Fellini

MAIGRET
Band M68

Georges Simenon
Maigret zögert
Aus dem Französischen von Hansjürgen Wille,
Barbara Klau und Astrid Roth
ISBN 978-3-455-00775-6

Anonyme Briefe erhält Maigret häufiger. Dass sie einen Mord
ankündigen und sich mühelos zurückverfolgen lassen, kommt
hingegen selten vor. Der Kommissar macht sich auf zu der vor-
nehmen Adresse, in dem prachtvollen Domizil eines bekann-
ten Advokaten finden sich allerdings keinerlei Hinweise auf ein
Verbrechen. Doch dann wird die Sekretärin und Geliebte des
Anwalts ermordet aufgefunden, und jeder im Haus hat etwas zu
verbergen ...

>>Meine Bewunderung für Simenon und seinen
Kommissar Maigret ist gewaltig.<<
Henning Mankell